作家とけもの

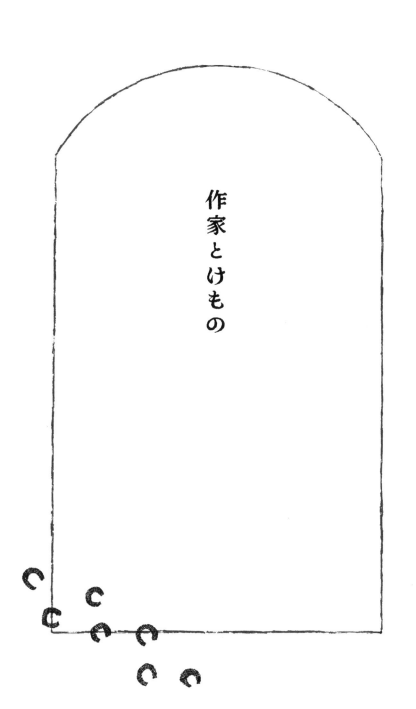

目次

自然とともに

わたしの友だち

動物がいる風景

けもののはなし

はじめに

——私たちの内なるけものと出会う旅

人と動物たちとのつきあいは、先史の時代から続いてきた。彼らは時に神と崇められ、時に畜生と呼ばれ打ち据えられてきた。

家畜として、食料として、崇拝対象として、愛玩動物として、そして家族として——。時代により、また種類によっても異なるが、人と動物たちとの間には、いつでも一定の距離が保たれてきた。人は動物と自分たちとの間に、きっちりと線を引きたがり、自分は動物とは完全に異なる、彼らの上に立つ者だと、そう思いたがってきた。しかし、人類もまた、オランウータンやゴリラと同じ霊長類であり、動物たちの仲間である。

実際のところ、私たちが彼らを見る時、触れる時、また彼らについて考える時、何か心揺さぶられる、エネルギーのようなものを感じないだろうか？

たとえば、大空を羽ばたく翼の力強さ、走る時の目にも止まらぬスピード、その嘶《いなな》きや遠吠えが、かくも身体の奥底にまで響くのは、私たちのどこかに沈んでいる「けものの力」に呼応しているせいではないだろうか。

同時に、彼らから、近寄りがたさ、恐ろしさ、分かりにくさをも感じるのは、彼らが、人智の及ばぬ、自然そのものでもあるからだろう。

けもの、と聞いて思い浮かべるのは、狼や熊のような、猛々しいイメージの動物かも知れない。しかし、熊のような圧倒的な強さを持つ動物たちはもちろんのこと、どんなに小さく、どんなに静かな動物であっても、彼らはみな、真っすぐに世界を生きる、鮮やかな生命力、そう、「けものの力」を持っている。

29人の作家たちが描く動物たちの物語を通して、私たちは、彼らの魂と近づき、そして自分たちの内なる力に触れることができるだろう。こんな時代だ。内なるけものを呼び覚ませ。

編者

装幀　守屋史世（ea）
装画　ナガノチサト

自然とともに

カナリア

正岡子規

カナリヤの囀《さえず》り高し鳥彼《か》れも人わが如く晴《はれ》を喜ぶ

正岡子規

モモンガア

椋鳩十

栗野岳《くりのだけ》は、霧島山系の中の一つの山である。

頂上まで、自動車がようやく通れるような、そまつな道が、一つだけうねうねと通っている。

道の両側は、自然林である。

この道をのぼって行くと、自然林の中に、ただ一軒だけ、ぽつんと温泉宿がたっている。

宿といっても、しょうじも雨戸も、すき間だらけだ。そのすき間から、風がぴゅうぴゅう吹きこんでくる。高い山の八合目あたりにある宿なので、風が冷い。

夏なら涼しくてよいが、冬ならふとんの中に、一日、もぐりこんでいなければ寒くてたまらない。

宿の主人は、なかなかのがんこ者で、

「栗野町に一つだけしかない温泉だから、もっと近代的建物にしたら、客も多く来るだろうし、町にも金がおちることだから、思いきってやってみたら……。」

と、町役場から話をもちかけられても、

「こんな山の中に、コンクリートの建物などふさわしくない。観光とかなんとかいって、けばけばしい建物をきそって建てる世の中に、一つぐらいは、こういう温泉宿があってもいいじゃないか。」

といって、町役場のいうことなど聞こうともしない。

しかし、また、こういう宿を愛する人もあって、夏場になると、けっこう栄えるのである。

わたしも、この宿を愛する一人である。

こういう山中の一軒家の、古ぼけた宿に泊っていると、いなかの民家か古い古い時代の宿に泊っているという感じがして、旅情が深い感じがする。

建物はそまつであるが、夜は思いきってふかい。

その庭のあちこちに、小屋がけした湯ぶねがあったり、石でかこんだムシぶろがあったりする。

このムシぶろがおもしろい。

ムシぶろは、天井も壁も石づくりで、二、三十人ははいれるほどの部屋になっている。中はまっくらである。部屋のゆかは、板じきである。ムシぶろにはいる者は、その板じきの上に、ゴロリ、横になるのだ。

板じきの下は地獄になっているのか、板のすき間から、蒸気がどんどん出てきて、部屋の中は、むんむんしている。その石ムロの部屋の中は、はいって一分もすれば、汗が、体中からにじみ出るほど熱い。

ムシぶろにはいる者は、静かに、静かに横たわり、静かに、静かに立ち上がらなければならぬ。

にわかに立ち上がったり、にわかに、どたんと横たわったりすると、熱い蒸気がざわざわと動いて、中にはいっている者は、がまんができないほど熱い。

そんなことをしたら、ほかの客から、どなりつけられてしまう。

家はぼろでも、なにしろ、ゆかいな温泉宿である。

広い庭には、あちらこちらに、ウサギのクソがころがっている。朝ごとに、新しいクソがころがっている。宿の者が寝静まったころに、野ウサギどもが、この庭に散歩にと出かけてくるのである。

昭和二十八年に、わたしはこの宿でひと冬を過ごしたことがあった。

十二月三十日の夕方から、雪がふりだして、夜になるとかなりな大雪になった。

雨戸のすき間から、粉雪がろうかにまで吹きこんで、うすうすと廊下に雪がつもるのであった。えらく寒い晩であった。

台所には大きないろりがあって、いろりには丸太の木が、とろりんこ、とろりんこと燃えていた。

そのアメ色の火がこいしくて、いろりばたに出かけていって、火に手をかざしながら、宿の主人とお茶を飲んでいた。

と、ガタガタと、台所の雨戸のあく音がして、男がころげこむように、いろりばたにはいりこんできた。

男は、毛糸のえりまきで、頭から顔を、ほおかむりのようにおおっていた。

鉄砲を持っているところを見ると、狩人《かりうど》らしかった。

はいってくるなり、男は、

「おお、寒い。」

と、いった。

そうひとことといっただけで、男はいろりばたに座ると、金色の火に手をかざしていた。

よほど、冷えきっていたとみえる。

やがて、男は、遠慮がちの小さな声で、

「酒を、一合、くださらんか。」

といった。

酒が出ると、男はつづけざまに、さかずきで三杯、キュッ、キュッと飲んだ。そして、

「ああ、ようやく、元気が出ましたわ。」

と、男ははじめて、白い歯を出して、にっこり笑った。いかにも、人の好さそうな笑い顔であった。

「猟の帰りかね。」

わたしは男に話しかけた。

「いや、これから、狩りに行きますじゃ。」

といった。

「えっ、夜、狩りに行くんだって……」

わたしは、驚いて、男の顔をみつめた。

「はい。モモンガアをとるのは、夜がいちばんいいのでござりまするわ。」

といって、男は、次のような話をしてくれるのであった。

モモンガアは、昼の間は、スギの木のくさってできた穴の中にかくれていて、めったに姿を見せないが、夜になるとかくれ家から出てきて、スギの若芽を食べるのだ。

木から木に飛びうつっては、若芽を食べて歩くのだが、前あしと後あしの間に、幕があって、それをひろげて飛ぶと、五メートルや六メートルの距離なら、らくらくと空中滑走ができるのである。

大きな杉山になると、三十匹も四十匹も、いるのである。

モモンガアの狩人は、長いサオの先に懐中《かいちゅう》電燈をつけて、杉山の中に立てておく。すると、モモンガアたちは、まっ暗い中で光る、懐中電燈の近くのスギの木に集まってきて、懐中電燈とにらめっこするのである。

どうして、そんなことをするのかわからないけれど、モモンガアたちは、そういうことをするのである。

ところが、野生動物の目は、闇《やみ》の中では、青く光るのである。

その、青く光る目をまととして、鉄砲をぶっぱなせば、闇の中でも百発百中である。

「モモンガアの毛皮をとるのかね。」

「今どき、モモンガアの皮など、買う者はおりませんわ。肉ですわ。肉が目的でござりまするわ。」

「へえ、肉を……」

モモンガアの肉を食うなんて、初耳である。わたしは驚いてしまった。

「モモンガアの肉は、ブタ肉の半額という、安いものでござりまするで、この奥地に住む開拓《かいたく》の人々が、正月用のごちそうに買ってくれまする。」

こういうと、男は、

「ああ、おかげさまで、体がぬくもりもうしたわ。」

といって、雪の闇の中に出て行った。

奥まった山里には、貧しい人たちを相手にする、貧しい狩人も住んでいたのであった。

犬橇の持ち主となる

植村直己

十月二十日を境にして、太陽は視界からまったく消えてしまった。いまではわずか高度九百メートルにみたない裏山の氷帽に、赤い陽を残しているだけである。これまで半凍状態でドロドロしていた海も、いまはもうすっかりあざやかな氷の青にかわっている。戸外は一日中暗く、空には一面に星がキラキラとかがやいていた。

私も漫然と暮しているわけにはいかない。私はカザマスキーが試作してくれた犬橇《いぬぞり》を組み立てることにした。この橇は一八八八年に、はじめてグリーンランドを横断したナンセン型で、日大隊（池田錦重《かねしげ》隊長）が一九六八年の八百キロ横断に使用した橇を改良したものだ。日大隊は五人の隊員が二台の橇をひき、四十日ほどかかって横断したのだが、この橇はその途中の山岳地帯、氷河、クレバスなどの難所にみごと耐え抜いたのだった。

私はこれをエスキモー犬にひかせようと考えていた。幅を八十センチにひろげ、長さも、より多くの荷をつめるように、三・五メートルまでのばした。滑走板《ランナー》の前部も強化した。全重量は十八キロで、三百キロから四百キロの荷をつむことができる。

犬は、イヌートソア父さんとコルティヤンガが一頭ずつ、それぞれ百クローネ（五千円）でわけてくれた。ほんとうは未教育の犬から自分で教えこむのが一番いいのだが、氷がはりはじめたいまからではもう遅い。犬は全部オスで、秋田犬よりも少し小柄の足の太い犬だ。コルティヤンガから買った犬は色が黒かったので、「コンノット」（黒）、イヌートソア父さんから買った犬は白だったので「カコット」（白）と呼んだ。傑作だったのはカーウンナから買った二歳の若い兄弟犬の名前だ。「俺の犬はよく引っぱるからぜひ買え」と強力に売りこまれて買ったものだが、何度聞いても名前がおぼえられない。仕方がないからもとの持ち主の「カーウンナ」という名前をつけて呼ぶことにした。ところが怒ったのはカーウンナで、「俺の名前なんかつけやがって、そんなことするならもう売らない」とクレームをつけてきたのだ。それはそうだろう。ムチでたたかれ、罵声を浴びせられる犬に、自分の名前がつけられたんじゃいい気分はしない。しかし私の支払った金は、とうの昔にカーウンナのタバコにばけていたから、「カーウンナ」の名前はいつの間にか公認になってしまった。

犬橇で南へ三千キロの旅に出た二月には、犬の数は十三頭に増えていたが、名前にはいつも頭をなやませた。私は腹をきめ、売ってくれたエスキモーに申し訳ないとは思ったが、売り主の名前で呼ぶことにした。またウパナビックからの帰路では、さらに犬を買い増したが、その犬には買った部落の名前をつけて呼んだ。

犬をわが家の犬つなぎ場に引っぱってくるのがまたひと苦労だった。コルティヤンガの家はとなりだからすぐにつれてこられたが、カーウンナの犬には往生した。新しくつくった胴バンドをつけ、細引きで引いてこようとするのだが、やはり仲間の犬から引き離されるのが不安らしい。二頭は私にさからって、すぐもとの位置にもどってしまう。力は私ひとりでささえきれないほど強い。ゲラゲラ笑って見ていたカーウンナが、見かねたのか手を貸してくれた。手を貸すといっても、いっしょに引いてくれるわけではない。板きれを持ち出して、仲間の犬の間に逃げこもうとする二頭の尻を、力いっぱいひっぱたくのだ。板きれで追いたてるという生やさしいものではなく、渾身の力をいれてひっぱたくから、犬は悲鳴をあげて逃げ出す。私は彼があまりひどくなぐるので、骨が折れてしまうのではないかと心配になった。しかしこれは、エスキモーが犬を扱う場合のごく普通のやり方であり、甘い扱い方はかえって人間の命さえもおびやかしかねない、危険なものであるということが後になってよくわかった。

私は一頭を子供に持たせ、一頭を抱きかかえるようにして、私の家の犬つなぎ場までもってきた。長さ六メートルほどある綱に結ばれた四頭の犬は、それぞれ身をよせあうこともなく、綱を放射状にいっぱいにのばして歩きまわっている。新しい環境にいかにも居心地悪そうだ。

ところが私が家のなかにはいって一時間ほどした頃、突然犬同士の大ゲンカがはじまった。ランプを持って外へ出てみると、コンノットとカーウンナ兄弟がもつれあって大ゲンカの真最中である。しかしコンノットはカーウンナ兄弟よりもひとまわり大きい。勝負はすぐについてしまった。一頭は足を嚙まれて血を流し、ビッコをひいて悲鳴をあげながら逃げまわっている。もう一頭は耳を嚙まれたらしく、これも血を流していた。このケンカで四頭のなかでのコンノットの地位は確立したようだ。カコットも、コンノットが近よってくると、頭を低くして逃げた。これ以後、カーウンナ兄弟はすっかり負け犬の役割を演じるようになり、新しく加わったどの犬にもこっぴどくやられていた。犬橇を引くときでも、この二頭は橇の前から放射状にのびている綱の左右に位置をとり、ほかの犬からできるだけはなれるようにして橇をひいていた。

犬はいつも飢餓状態

チューレ地方の犬のエサは、アザラシ、セイウチ、鯨などの生肉である。エスキモーたちの食生活とほとんどかわらない。しかし私が驚いたのは、週に三回しかエサを与えないことであった。だから犬たちの一週間は、エサ有、無、有、無、無、有、無となる。特に獲物の少ない夏などはみじめなもので、三日に一度くらいしか、エサにありつけない。ところが犬も心得たもので、次のエサ日まで、できるだけ身体を消耗しないように、家の前につながれたまま、じっと寝ているだけだ。シオラパルクにはいった当時は、食料確保のために欠くことができない犬に、エサを与えないエスキモーたちを見て、なんと薄情な連中だろうと思ったものだ。ところが犬橇の季節にはいり、実際に犬を走らせてみて、その理由がよくわかった。毎日犬に肉を与えていると、犬はたちまち肥満してしまい、まったく役にたたなくなってしまうのだ。また腹にものをいれたまま走らせると、ゲロを吐き続けるだけで、なんの役にもたたない。エスキモーたちは、犬に飽食させることのムダなことをよく知っている。

犬のエサ日がくると、天井からぶらさげてあった肉の残りを板コンニャククらいの大きさにきざみ、一頭一頭に投げあたえる。一度にあたえると、弱い犬にいきとどかないからだ。それでも強い犬は弱い犬の首筋に噛みつき、横取りしようとする。よほど気をつけていないと、強い犬は肥ってさらに大きく強くなり、弱い犬はさらにやせて弱くなる。エスキモー犬が、肉をかまず丸のみにするのも、ノンビリしていると、たちまち横取りされてしまうからである。まさに弱肉強食の世界である。

このひと冬、私の身近にいる唯一の家族はこの犬たちであった。人間と同じように、一頭一頭に名前もあり、個性もある。犬については、犬橇旅行三千キロのところで少しくわしくふれることになるだろう。

はじめて犬橇に乗る

太陽が水平線から顔を出さなくなると、海にはビッシリと氷が敷きつめられるが、その氷も、アッという間に視界から消えてしまうことがあった。その前兆は、極地に素人の私にもすぐわかる。まずマイナス二十五度もあった気温が十度ほど一気にあがり、生あたたかい風が吹きはじめる。そして女性的ななだらかな稜線を見せている内陸の山のいただきに、笠状の白いガスがかかったかと思うと、突然突風が吹きはじめるのである。すると海からは、子猫の鳴き声のような氷のきしむ「ニャーンニャーン」という音が聞えはじめ、それまではりつめていた氷は、一気に外洋に押し出されて、海は波うちはじめるのだ。ところがこの風がおさまると、海はすぐさまドロリとしたアメ状にもどり、ふたたびもとの氷にかえる。波と氷のくりかえしが少なくなり、氷が本格的に定着して、三センチ、四センチ、五センチとその厚さを増していくのは、十一月にはいってからのことだ。そうなっていよいよ犬橇のシーズンがはじまるのである。

私に犬の扱い方を教えてくれたのは、私と同年輩のカーリだった。彼は毎晩遅くまで私の家に残って、狩りや犬橇の技術を教えてくれた。犬の胴バンドの作り方を教えてくれたのもカーリだ。そのカーリがある日やってきていった。

「きょう、犬橇でアザラシ狩りに出かけるぞ。もしいっしょにいくなら、俺の犬橇にのせてやってもいい。犬橇のうごかし方を教えてやるよ」

これまで海は氷になったり水にもどったりをくりかえしていたから、エスキモーたちは船も犬橇も出すことができず、満足にアザラシを手にいれることができなかった。彼等の現金収入の大部分はアザラシの皮をKGHに売ることで得ていたから、この時期になると、どこの家でも家計は苦しい。せいぜい夏場にとったセイウチの牙やアゴの骨で、トゥピラック（人間の形をした像）をつくったり、きれいな皮のムチをつくって売ったりするくらいのものだ。コルティヤンガは私のところに金を借りにきたし、カーウンナが強力に犬を売りこんできたのもそのためであった。なかでも彼等が一番ヤキモキしたのは、酒を買いにいくことができないことだった。十一月分の酒を買える日はとっくに過ぎているのに、船も犬橇も出せなくては処置なしだ。彼等は氷が定着するのを首を長くして待っていた。

しかしいよいよその日がきたらしい。カーリの声もはずんでいる。

だが私には、新鮮な食料が手にはいる喜びよりも、はじめて犬橇に乗れることのほうがうれしかった。これまでは話だけだったエスキモーの犬橇技術を、実際にこの目で見ることができるのだ。シオラパルクでの第一目的が、犬橇技術の習得にあっただけに、私は喜んでカーリの犬橇に乗りこむことにした。

カーリは十三頭の犬を放射状に橇につないだ。犬は出発を前にして気が勇んでいるのか、あるいはまもなく襲ってくるムチを恐れているのか興奮ぎみだ。カーリは橇のまんなかに腰をおろし、右手のムチを空中でパチンと大きく鳴らしてから「ヤー」と声をかけた。身体にガクンと衝撃がきて、橇は氷のうえを走りはじめる。カーリが特に複雑な操作をしているわけでもないのに、橇はリーダー犬を先頭に、まるでカーリの言葉ひとつで自由に動くロボットのように走っている。私はいくら練習してもうまくならないムチに少々くさっていたときだっただけに、あんがい簡単な犬さばきを見てひと安心だった。この程度のことなら、基本となる犬橇用語さえおぼえてしまえば、私にもなんとかなりそうだ。

しかしこれは甘い考えだった。私の最初の犬橇旅行のとき、犬はさっぱりいうことを聞いてくれず、見物にあつまったエスキモーたちが腹をかかえて大笑いすることになるのだが、そのことは後で述べよう。

犬橇用語

ここで犬橇用語をひととおり説明しておこう。

ヤーヤー（行け）
ハクハク（左へまわれ）
アッチョアッチョ（右へまわれ）
アイアイ（止まれ）
コッホア（早く走れ）
ナノッホア（獲物がいるぞ、早く走れ）
アイ（ゆっくり走れ）
ウォレッチ（騒ぐな、静かにしろ）
スースースー（集まれ＝小さく口笛を吹くように発音する）
アガッチアガッチ（こっちにこい）

レーレレレ（アザラシをさがせ＝アザラシのいそうなところへやってきて、レーレレレと声をかけると、犬はスピードをおとし、いっせいに鼻を低くピクピク動かしはじめる。そして顔をあげた方向が獲物のいる方向だ。何度か狩りをともにしたが、まずはずれたことがない）

部落を出てから三十キロも進んだであろうか、カーリが犬に「レ、レレレ、レレ」と舌を鳴らすような声をかけると、いままで全力で走っていた犬は急にスピードをおとし、ノンビリと周囲を見まわしはじめた。それまで一直線に走っていた橇は、あっちに曲ったり、こっちに曲ったり——アザラシの臭いを求めているのだ。そのうち犬は橇を引くのをピタリとやめ、耳をピクリと立てて、鼻を同じ方向に向けて動かしはじめた。

「ヤー、ヤー、ナオミ、犬がアザラシを見つけたんだ。ヤーヤー」

カーリの声に犬はふたたびフルスピードで走りはじめた。時速三十キロは出ているだろう。顔にあたる空気が痛いくらいつめたく、正面を向いていることができないほどだ。私はカーリのかげにかくれ、その肩口から前方をのぞいた。ところがエスキモーの家の数倍はあろうという氷山に、目指すアザラシがいるはずなのだが、そのまわりにはキツネの足跡があるばかりでアザラシの姿はない。しかし犬が見つけたのはアザラシではなく、テニスボールほどの大きさのアッド（アザラシの呼吸孔《こきゅうこう》）であった。アザラシは哺乳類である。餌《えさ》を海のなかに求めてはいても肺呼吸だから、時間がくると海表に鼻をつき出し、呼吸しなければ窒息して死んでしまう。ところが氷がはってしまうとそれができなくなるから、アザラシは呼吸用の穴をいくつか確保しなければならない。カーリの犬が見つけたのはこの穴だったのだ。カーリは穴を確認すると私を犬橇にのせ、小声で「ヤー」と合図を送った。すると犬はカーリを穴のそばに残したまま遠ざかり、私が何の合図もしないのに、百メートルばかりゆくとピタリととまった。そして耳をピンとそばだててカーリの動きを見守っている。

カーリはコリッタの毛をむしって宙に放りなげ、風向きを調べると、風下に二メートルほど離れて銃をかまえた。アザラシが泳ぎよってくる音を聞くためだろう、トナカイのフードは脱いでいる。私もフードをとってじっと耳をすませたが、耳がジンジン音をたてるような寒さにがまんができず、一分とたたないうちにまたフードをかぶってしまった。カーリはしんぼう強く、三分、四分と待っていたが、突然銃をとりなおすと、穴めがけて発射した。

「ダーン」という発射音と同時に、犬はいっせいに穴めがけて走り出し、油断していた私は犬橇のうえにひっくりかえった。カーリは撃つと同時に銃をほうり出し、大きなカギ針のついた棒を穴のなかにつっこんでかきまわしている。死んだアザラシが、海のなかに沈んでしまわないうちに、これでひっかけあげようというのだ。あがってきたアザラシは一メートルほどのヒゲアザラシで、そう大きなものではなかった。それでもカーリは半月ぶりの収穫にすっかりご満悦で、私に犬橇技術を教えることなどすっかり忘れてしまったらしい。解体もせず、そのまま橇につみこんで、意気ようようと部落に引きあげたのだった。

このアザラシ狩りでカーリは銃を使ったが、もうひとつ、エスキモーの冬の代表的な狩猟方法に網を使ったアザラシ狩りがあった。しかけはこうである。

まず呼吸孔の横に、鉄棒で二メートルほどの間隔をおいて三つの穴を一列にあける。次に真中の穴から縦一メートル、横四メートルほどの大きさの網をいれ、両端につけたひもを、左右の穴からふたたび氷のうえにひっぱり出す。ネットの下には石のおもりが五つばかりつけられているから、網は氷をはさんで海中にぶらさげられた格好になる。このとき網は氷の下部から少し離してさげなければならない。たったいまあけた穴に、たちまちうっすら氷がはりはじめる寒さだから、網を氷の下につけたままにしておくと、凍りついて離れなくなるのだ。しかけはこれだけ、単純な作業である。

しかし十二月も終わり頃になると、海氷の厚さは一メートルをこえるし、気温もマイナス四十度までさがる。そうなると先の尖った鉄棒でコツコツと穴を掘る作業も、トナカイの毛皮でつつまれた身体が汗びっしょりになるほどの重労働だ。あとは翌日、この網をひきあげるだけである。アザラシがかかっているときは、網をつるしてあるひもを二、三回、釣糸の要領であげさげしてみると、ズッシリした手ごたえがあるからすぐわかる。あとは中央の穴を直径一メートルほどにひろげ、網にからまって死んでいるアザラシをひきあげるだけだ。アザラシは攻撃的な動物ではないが、それでもいったん暴れはじめると、カヤックなど簡単にひっくりかえしてしまう。

私ははじめ、網でアザラシをすくいあげる方法だとばかり思っていたので、彼等が網を持ち出したとき首をかしげたものだが、それは呼吸孔にあつまるアザラシを網にからませ、窒息死させる猟法だったのである。

この猟法で腕の上手下手はなさそうに思えるが、そうでもなかった。毎日網にかける者もいるし、一週間に一頭もとれない者もいる。一網に二頭かける者もいる。よく見ていると、この腕の差は、どういう地形のところに網をおろすか、その場所の選定のいかんにかかっているらしい。さらにその近くを走っている氷の亀裂の状態、付近のアッド（穴）の様子なども重要なポイントになっているようだ。

それにしても海のなかではサメに追われ、海のうえでは白熊、キツネ、人間に狙われる。アザラシはなんと肩身のせまい生き方をしているのだろう。網にからまって死んでいる、愛嬌のある顔を見ていると、なんとなくアザラシが可哀想になってくる。しかし一方では、しばらくぶりで口にできる新鮮なチグ（肝臓）を思いうかべて生ツバを押えることができないのだから、人間というのはなんと勝手なものかと思う。

キノコをさがしに行ってクマにおこられた話

辻まこと

1

　はやくこないとキノコがなくなってしまうと、手白沢温泉の宮下老から招きをうけた。若い友人の松尾君と九月の末にでかけた。日光湯元に昼頃着いて、釜屋の裏手の売店で、ラーメンを食べてから歩きはじめた。金精の峠にでるじぶん、曇っていた空から霧雨が降ってきた。週末でも休日でもないので人の気配が全くない。だが、峠の上は紙屑や盛んな食欲のぬけがらが散乱している。空缶のレーベルなど剝《は》がれて秋雨に濡れて鮮やかに光っている。美しいような醜いような感じだ。

　念仏平へはいって、最初の水場へ下る急坂の途中で、私は足を止めた。下の流れに二頭の動物がこっちに背を向けて、というよりは尻を向けて水を呑んでいるのが見えたからであった。瞬間犬かとおもったが尻のところにそろって丸く白い毛があるので、鹿だと気付いた。うしろの松尾君もすぐ立ち止まって、やア鹿ですね、かわいいなと小声で私にいった。二人の人間はしばらく静かに二頭の動物を眺めていたが、気付かれないようにそっと歩きはじめた。だが十歩もいかないうちに、鹿は急に頭をあげパッと一跳びに流れを越え、右のほうに高く延びている狭いガレを駆けあがって消えてしまった。

急斜面を前後しながら二頭の鹿は、まるで爪先きにバネでもついているかのように弾んでいった。跳躍するたびに尻の白いまるい毛がゴムマリみたいだった。

この美しいシーンは、深い森の中で出会って見たいとかねて想像していたものにそっくりだと松尾君はいった。

運がいいのさと私は答えた。私はこの富次郎新道を何回となく往復しているけれども、鹿を見たのははじめてであった。この道ばかりではなく、長い間に通ったどこの山の道ででも、鹿をこんなによく観察した経験はなかった。ほんとにめずらしいことなんだと、初めて山奥にきた彼に告げた。

2

このへんで私に判る食用キノコはモタセというのとカノトというのとマイタケとよぶ三種ぐらいなものだった。正しい名称かどうかは知らない。宿の老夫人に教えられたのである。二人はもっぱらたべる方に興味をそそぎ、判別はこの小母さんにまかせた。キノコ料理を前にして「湯殿の誉れ」と命名したドブロクを飲みながら炉ばたにねばっているのは楽しかった。着いて三日目の晩に栗山村の人たちが泊まりがけでやってきて、炉ばたは急に賑やかになり話がはずんだ。私たちが水場で出会った鹿の話などしたからでもなかったであろうが、話題は山の動物たちのことになった。

山の炉辺談話のヒーローはなんといっても熊である。私もこれまで遠方から眺めたことは何度かあったが、山中で間近かに熊と接触したことはなかった。しかし炉ばたの話にあまりしばしば登場してくるので、もはや熊はきわめて性質のよく判った存在のように錯覚していた。脚に熊の爪痕《つめあと》をもった猟師にも会ったし、自分が獲った熊の爪を胴乱《どうらん》のヒモにつけた男の手柄話もきいた。出合がしらに格闘して熊の口に手を突っ込んだ土方の親方を紹介されたこともある。だが直接熊に遭遇した人の話はやはり尠《すく》なく、たいていは誰それの話として炉辺に連れこまれてくるのであった。そのときの話題になって登場してきた熊たちも、だいたいそういうたぐいの熊であった。

それでも松尾君にとっては相当な刺戟《しげき》だったとみえて、なんだかこの辺には熊がウヨウヨしているようですね、と翌朝宿の前の熊笹刈りを手伝いながら私にいった。いやそんなことはないよ、私もめったに拝んだことはないんだから、しかし君は一回で鹿に出会うほど運がいいんだから熊にも会えるかもわからないね……と冗談をいったが、数時間後にこれが冗談でなくなるとは、もちろんそのとき私はいささかもおもっていなかった。

3

温泉の宮下老は齢のせいで出あるくのがだいぶおっくうになったらしく、一緒に行くはずのマイタケの株のある場所の見当を教えてくれて、二人でみてきてくれという。一昨年そこで背負籠にはいりきらないほどの大きなマイタケを採ったから、一年おいた今年は、また必ずできている筈だというのだった。

松尾君と私は欲張って大きな籠を背中にして、そのマイタケの古株という奴をさがしにでかけた。ずっと手白沢に沿って下り、新助沢の出会いから左の無名の尾根へあがって、稜線につ いているけもの道を伝って、三角山と勝手につけたどんづまりのところへでて、向うへ落ち込む斜面と右側の斜面の境になったところを下りはじめた。四十度ぐらいもある急な笹やぶと石のごろごろした、いやな場所だった。目的の古い木株は右斜面のどこかにある筈であった。三十分ほど降りたとき、向う側の斜面を下から何かこっちのほうにあがってくる気配がした。枯枝が踏まれては折れる音がしだいに近づく。松尾君は私の右後方一〇メートルぐらいのところにいた。誰かいますね、と彼がいった。目あてのマイタケをさきに見付けられちまったかなと私は答えたが、すぐ、もしかすると熊かも知れないぜと半ば冗談のつもりでいった。

左側の角になったところまでいって向う側をのぞき込んだ。そっちの斜面は熊笹が案外まばらで背も低い。枯葉と枝が埋まっているそこのところを、こっちに向かってガニ股で登ってくる、ひどく愛嬌のある黒い熊の姿がみえた。五〇メートルぐらい離れていた。

本当に熊だよ。国定忠次みたいだぜと私は振り向いて松尾君に告げた。石井鶴三画伯描くところの国定忠次の挿画が宿の古雑誌にあって、ずんぐりして毛ずねの太いところが印象的だったが、それにこの熊はそっくりだった。私の声で熊もピタリと止まって私のほうを見上げた。

ここまでは、私はすこしも怖ろしさを感じていなかった。それはいままでに炉辺談話に現われた多くの熊によって、熊の性質をすっかり知っているつもりでいたから……。

十間も離れていれば熊のほうで逃げるはずだった。熊といえども危機を感じなければ攻撃することはない……はずだった。人の声を聞けば姿をかくす……はずだった。

ところがこっちを見上げてちょっと躊躇《ちゅうちょ》していた眼前の熊は、次の瞬間猛然とこっちに向かって駆けてきた。私は急に恐怖を感じた。振り向いたが熊笹の中ではどうにもならない。右手のところに大きな石があってそこの上が半坪ほどの平らになっていたので、とにかくそこへあがった。あがったけれども、熊が稜線までくれば、この石は熊のすぐ足の下である。石の下方は二、三メートルの段がついているだけのものだ。左手に橅《ぶな》の木があるが、登るには太すぎる。それにそこまで笹を漕いでいるうちに追いつかれるだろう。こうして言葉にするとのんびりしているが、これらは一瞬のことだった。背中の籠をおろすひまもなく熊の頭が稜線にでた。私を見つけると二、三歩近づいてから前肢を開いてスーッと立ち上った。

私はどうしていいか全く手段もなく、呆然と熊を眺めていた。ただ熊が本当に跳びかかってきたらおもいきって遠く、この石から飛び下りるよりほかはないなァとおもっていた。

熊の荒々しい黒い毛には想像もしなかった生臭い野蛮な印象があり、ガーァという巨大ないびきに似た吠声は、きわめて圧倒的で、歯をむいた真赤な口の中は凄い印象を与えた。そのとき左上方にいた松尾君が、どうしたわけか転倒して笹の中をザーッと辷《すべ》り落ちていった。その物音が熊を動揺させた。私に向かっていた熊は、こんどは松尾君のほうに頭をむけた。そしてもう一ぺん吠えると頭をくるっと振って四肢を土に着けた。稜線を越えて向う側へ姿をかくすまでに、戻りかけたり行ったり二、三度躊躇した。

しばらくしてそっとのぞくと、もうかなり遠くの笹の中をざわざわと、そう急ぐ様子もなく立ち去る姿が見えた。

二人はもうマイタケをさがす気力もなくなって、しゃにむに駆けおりて沢沿いの道にでると谷の水で顔や手足を洗ってから煙草をだして一服した。そしてやっといくらか気持を落ち着けることができた。

こんなバカなことはあるもんじゃないが、二度あることは三度あるというから、もう一回なにかに会うかも知れないネ、もう熊はたくさんだが……と私がいうと松尾君も、そうですよ、と賛成した。そして幸いその後は何にも会わずに帰京した。

4

最近はそうでもなくなったが、それからあと一年ほどは一種の熊ノイローゼにかかって、一人で山を歩いていても無意識に物音を注意していて、ちょっと変な感じがするとすぐ熊ではないかと心配した。殊《こと》に奥日光の山はいけなかった。いつか奥鬼怒谷から湯元への途中温泉岳から金精のくだり口でバッタリ詩人の鳥見迅彦夫妻とその友人がくるのに会った。私は歩きながらムスビを噛《かじ》り一人で歌を唱っていた。鳥見迅彦は夫人に、辻のやつ熊が怖ろしくて大声で歩いていたんだぜ、きっと落ち着いて腰をおろして食事もできなかったにちがいない、といって笑った。

彼のいうほどではなかったが、多少その気配を所有していたので、頭から抗議もできなかった。吠えられたものでなければ、この気分は判らない。

それでも山へ行くのをそのために考えなおすというところまでは悪化しなかった。しかし私の若い友人はどうだったろうか。はじめて山へ出掛けてこういう目に遭えば山の印象がちがうはずだ。

そのせいで山へいきたくなくなってしまったということにはならないだろうが、一人ではいやだ、というぐらいのことにはなったかも知れない。三角山で会った熊の一喝には、そのくらいの威力があった。

ウシの口がせ

梅棹忠夫

母の乳房は、はなれがたくあまいけれども、わたしたちは、いつまでもその乳房の口ざわりのよさをたのしむことをゆるされなかった。子どもたちが、もうそろそろおっぱいでもあるまいとおもわれるほどにおおきくなると、母は、乳首にダラニスケをぬりつける。なにげなくしゃぶりついて、にてもにつかぬ味にかわってしまったのをしったとき、子どもたちは、いいあらわしようもなく複雑な顔をする。かわいそうなちいさい弟をみて、わたしたちは、腹をかかえてわらいころげるのだった。わたしたちは、こうして、人生の最初の幻滅のうちに、つぎつぎと母のふところをはなれてきたのだった。

モンゴルにいて、ウシやウマを相手にくらしているあいだに、わたしは、ウシもまた、わたしたちとおなじ幻滅を経験しなければならないことをしった。ウシもまた、いつまでもあまったれて、母の乳房を口にすることはゆるされないのだ。かれらも、おおきくなれば、草ばかりをたべなければならない。子ウシたちは、しつけをうけるのだった。

ウシの場合には、もちろん、ダラニスケでしつけられるわけではない。ダラニスケのかわりに、子ウシは、その鼻づらに、奇妙な形の口がせをとりつけられるのだ。この口がせは、はなはだうまくできている。したをむいて草をたべるには、ちっとも邪魔にならないのだが、うえをむくと、その板きれがちょうど口のうえにたれさがって、ふたをしてしまう。しかも、母ウシの乳房をくわえるためには、子ウシは、どうしてもうえをむかないわけにはゆかない。目のまえに母の乳房をみながらも、乳がのめないという幻滅を、子ウシはあじわわなければならないのだった。このユーモラスな発明品を、モンゴル人たちは、シュルクとよんでいた。

シュルクには、いくつかの種類があった。形はずいぶんちがっていたけれど、みんなおなじ名まえでよばれていた。いちばんかんたんだけれど、すこしらんぼうなのは、さきのとがった木の棒を、子ウシの鼻のあなにつきとおしただけのものである。もっとましなのは、やっぱりさきのとがった木の棒を四本、四角い枠の形にくみあわせて、子ウシの鼻づらにかませたのもあった。このようなシュルクをつけられた子ウシが、母ウシの乳房にちかづくと、とがった木のさきが、乳房にちくりとあたるので、母ウシのほうがいやがって、どうしても乳をのませようとしない、という仕くみである。この仕くみがいちばん徹底しているのは、ハリネズミの皮でできていた。フェルトのうえにハリネズミの皮をぬいつけたものを、子ウシは、鼻の頭にしばりつけられるのだった。これをしったとき、わたしはおもわずふきだしてしまった。人間は、ときどき、とほうもなくこっけいな道具をかんがえつくものである。

モンゴルからかえったわたしは、民族学者の石田英一郎さんに、このシュルクのことをはなした。そして、おもしろいことには、これとひじょうによくにたものが、ハンガリーからも報告されていることをおしえられ、その論文をみせてもらった。それによれば、おなじようなものが、ハンガリーばかりでなく、バシキール人や、キルギス人や、ヤクート人のあいだにも見いだされている。その写真は、わたしがモンゴルでみつけたものと、そっくりだった。わたしの発見は、アジアのステップいっぱいにひろがった共通の文化要素の、東のはての例だったわけである。わたしは、いまさらながら、アジアの遊牧文化のひろがりのひろさと、ひいてはそのふるさとをおもった。

ハンガリーのことは、わたしはよくしらないけれど、しらべてみれば、まだ、これに似たことが、いくつもあるのではないかとおもわれる。わたしは、牧畜をめぐるモンゴル語をあつめてみたのだが、そのなかに、ハンガリー語とそっくりなのがいくつもあることをしって、おどろいた。じつは、モンゴル人の牧畜生活の具体的なありさまは、いままであんがいにしらべられていないので、こうした民族学的な文化のつながりについても、こまかい点ではまだしられていないことがらが、たくさんあるらしい。わたしは、ひまがあれば、わたしがモンゴルであつめてきた材料について、このような見かたからも、研究をつづけてみたいとおもっている。

さて、わたしのこの話が、これだけでおしまいだったら、わたしはまだ、生態学者としての責任をはたしたことにならないだろう。

わたしは、もうすこしちがった見かたもしている。それは、このシュルクが、遊牧民族としてのモンゴル人の生活のなかで、どんな役わりをはたしているか、ということについてである。もちろん、これは、子ウシが乳をのまないためのくふうである。なぜ子ウシに乳をのまさないかといえば、その乳を人間がほしいからだ。だから、この口がせは、どこまでも乳の利用にむすびついている。ウシをもっていても、その乳をつかうことをしらない民族には、こんなものは必要がない。その意味で、この口がせは、たしかに、乳の経済をめぐって発展した遊牧文化と、ふかくむすびついているものといえるであろう。ここまでは、だれでもすぐかんがえつくのだが、じっさいのつかいかたをみているうちに、わたしは、どうも、こんなにかんたんにすましてしまえないものがあるのをしった。だいいち、それなら、どの子ウシにも口がせがしてあってもよさそうなものだが、シュルクをつけた子ウシは、モンゴルでも、めったにみられないというのは、どういうことだろうか。そのうえ、口がせをした子ウシは、かならず二歳のウシにかぎられているということを、わたしは発見したのである。

いろいろしらべているうちに、問題はしだいにはっきりしてきた。じつはこうなのだ。モンゴルでは、乳しぼりのつごうから、ふつうおとなのウシと子ウシとは、べつべつのむれをつくって放牧される。だから、放牧中にも、子ウシに乳をのまれてしまうおそれはないので、ふつうの子ウシには口がせがつけてない。ところが、子ウシが二歳になると、親ウシといっしょのむれにいれられる。しかし、この場合も、乳をのまれるおそれはない、というわけは、ウシは子どもを毎年一頭産むので、二歳のウシにはすでに弟がいるはずだが、一歳のウシがいるかぎり、親ウシは、二歳の子どもをよせつけないものだからである。おまけに、ウシでも妊娠すると乳がでなくなるから、二歳のウシは、弟が母ウシの体内でそだってるあいだに、すっかり乳ばなれしてしまっているものである。ところが、ときどき、妊娠しそこねたままで、冬をこすウシがいる。これが問題である。妊娠していないから、いつまでも乳がでるし、子ウシは、二歳になっても乳にありつける。ところで、ほかのウシは、冬のあいだはみんな乳がとまっているので、こんなウシは、モンゴル人にとっては、まことにありがたい存在なのだが、それを、じゆうぶん草だけでやってゆけるほどおおきくなった二歳の子ウシのために、みすみすのまれてしまっては、つまらない。それで、このような妊娠しそこねた親ウシの子どもにかぎって、シュルクがとりつけられる、という段どりであった。

ハンガリーの報告者は、このような具体的なつかいかたについては、なにものべていないけれど、すくなくもわたしのみた東モンゴルでは、こんなかんたんな道具でも、これだけのことをしらなければ、そのほんとうの意味はわからないものであった。このシュルクは、ただ、乳の利用ということだけではなく、その乳の必要と、ウシの生理学とのうえにたってあみだされた、この独特の放牧形式にこそ、そのなりたちの基礎をもつものだということをしったのである。この、かなり複雑なコンプレックスの、どの部分をはずしても、シュルクは、その意味をうしなってしまう。だから、わたしは、これを手がかりにして、逆に、これがハンガリーあたりにまでひろがりだした大むかしから、アジアのステップの遊牧民族たちは、原則としていまとおなじような放牧形式をもっていたのではなかろうかということさえ、かんがえられはしまいか、とおもうのである。

ところで、これはのちに吉川幸次郎さんの本でしったのだが、『易経』のなかに、「童牛之牿、元吉」というのがあるそうだ(註)。「子牛の口に牿《かせ》をはめておく　それはたいへんによい」というのだが、さて、それがどういう意味なのかはっきりわからない。わたしはひょっとしたら、これはシュルクかもしれないとおもった。すると、わたしのいいかたにしたがえば、易経のつくられたころには、漢族のあいだでもウシの乳をしぼることがおこなわれていて、また、いまのモンゴルにみられるような放牧形式がとられていた、ということになりそうだが、そこまではなんともいうことはできない。あるいは、ウシの口がせには、モンゴルのシュルクとはまるで意味のちがったものがあって、農耕民族のなかに、あんがい日本あたりにも、どこかにそんなものがのこっているかもしれない、とおもったりもするのである。

（註）吉川幸次郎（著）『支那人の古典とその生活』一九四四年八月　岩波書店
この本は、一九六四年九月に岩波書店より改版本がでている。「童牛之牾」の話は、その四六ページにある。

マタギと野生動物たち——昔話採集（抄）

野添憲治

［語りを読む前に］

野の鷹匠のこと

鷹匠《たかじょう》というのは、野生のオオタカ、ハヤブサ、クマタカなどを飼い慣らして、ウサギ、スズメ、タヌキ、ヤマドリなどの獲物をとる鷹使いのことである。日本では四世紀の前半に、百済《くだら》の帰化人が調教した鷹を仁徳天皇に献上したのがはじまりといわれ、『日本書紀』に〝鷹甘部《たかかいべ》〟を設けたと記されているのがもっとも古い記録とされている。その後、鷹狩りは次第に盛んになり、平安時代になると歴代の天皇や貴族たちは、しばしば盛大な放鷹《ほうよう》の催しをおこない、京都の北野や嵯峨などに一般人立ち入り禁止の狩り場を設けるようになった。

スピード感にあふれた鷹猟は武士の間にもひろまって、戦闘訓練もかねた鷹狩りはますます盛んになり、源頼朝の富士山麓での鷹狩りなどは有名である。徳川家康なども鷹狩りに熱中したというが、江戸時代になると鷹を飼育する職掌として〝鷹匠〟を定めた。諸国の藩主もそれぞれ鷹匠をかかえるようになったが、それはあくまでも上層階級の遊びであり、一般の人が鷹を飼うことは禁じられていた。しかし、これほど盛んだった鷹狩りも明治時代になると次第に消滅するようになり、宮内省の式部職下に鷹師、鷹匠などの名をとどめるだけになったが、この伝統を引き継いでいるのが日本鷹匠クラブである。

しかし、こうした上層階級の鷹狩りとはべつに、鷹を使って狩猟をおこなう猟人が、秋田県と山形県の一部に存在していた。東北の山深い辺地にどうして〝野の鷹匠〟が存在するようになったかは不明だが、江戸時代の末期に秋田県雄勝《おがち》郡東成瀬《なるせ》村手倉の「佐竹藩番所記録」の中に、マタギと並んで鷹匠の名前が出ているというから、かなり古くからあったものらしい。伝統的な鷹匠とはべつに、山村に住む人たちがウサギなどをとるために独自にはじめたとも、マタギたちが広めたともいわれているが、羽後《うご》町上仙道《かみせんどう》の元鷹匠だった家にはマタギの巻物である「山達根本之巻」が残っているのを見ても、マタギとの関係は無視できないようである。

だが、伝統的な鷹匠はハヤブサとかオオタカを使用したのにたいして、〝野の鷹匠〟たちはハヤブサの数倍も大きいクマタカを使った。また、伝統的な鷹狩りの獲物の多くは小鳥であったのにたいして、〝野の鷹匠〟の獲物はウサギが主体であり、獲物は売って生活のカテとした。しかも、ハヤブサは一年、オオタカは数年という使用年限に比較して、クマタカは十数年も使えるという利点があった。

秋田県にはどれだけの〝野の鷹匠〟がいたかはわかっていないが、土田林之助さんの話によると、昭和初年ころに仙道だけで二、三〇人はいたという。だが、わたしが最初に鷹狩りの調査におとずれた一九六四年には、土田林之助さんと武田宇市郎さんの二人だけになっていた。その後、土田さんの息子の力三さんも父から手ほどきを受けて鷹匠となり、年老いた林之助さんが鷹狩りに出なくなってからは、武田さんと二人で鷹狩りをつづけていた。

林之助さんは一九七四年九月七日にこの世を去ったが、それから二年後の一九七六年二月六日の朝、力三さんは鷹の初訓練に出たまま行方不明となり、二日目に自宅近くの井戸に落ちて死んでいるのが発見された。そのため、現在では、武田宇市郎さんがただ一人〝野の鷹匠〟を守りつづけているが、後継者はいない。(土田林之助さんの話は、一九六四年一月二〜三日にわたって聞いたものをまとめたものである。)

鷹匠口語り

わしは明治二九年（一八九六）の一二月一七日に、ここ仙道（秋田県雄勝郡羽後《うご》町上仙道《かみせんどう》）サ生まれ、八歳の時に学校サあがったス。

学校といっても隣の集落の大きな家で、土田という土地の老人が、一人で一年生から四年生まで教えていた。勉強といっても書き方とか修身といったものだけで、教科書も二冊か三冊よりなかったものだス。

四年生を終わると、あとは学校なかったから、家で百姓させられた。昔は一五、六歳になれば、もう一人前の仕事をしたもんで、田畑の仕事のあいまに、木材工場だの、鉱山だの、伐採だのに働きに行ったもんだス。

ンだが、今のように遊びがなかったから、ひまがあれば相撲とって、勝ったの負けたのって騒いだものだス。わしもさかんにとったものだが、なにしろ体がこまかいもんだから、いつも負けてばかりいた。負けるども、相撲は好きでナ、毎日のようにぶつかっていたら、そのうちにだんだんと強くなってきたものナ。

からだに肉も付いで、一八歳のころになると、五〇貫くらいのものだと、簡単にかつげるようになった。そのころは馬車もなくてシャ、節のない良質の部分を挽きわけた長さ七尺五寸のブナ材を背負って、西馬音内《にしもない》（羽後町）の方サ運んだもんだものナ。一本で六五貫はあったナ。それを一人であふりながらかつげる人は、この山かげの笹子（旧鳥海村）に一人と、わしだけだったオな。毎日力仕事ばかりしてたから、力がついたのだべね。

この近くにヨ、たいした相撲の強い人がいであったものナ。なかなかコツのええ人で、このあたりの人は手むかい出来んがったア。その人と毎日のようにとっているうちに、わしもだんだんと強くなって、その人も手あましするようになったオな。他《ほが》の人には、負けることがなかったスよ。

あれは大正五年（一九一六）の夏だナ。一九歳になった時、西馬音内に京阪合併の相撲が来たんで、わしもいっちょうとってみたが、次々にとれる人がうんといるわけだ。ン、これだばわしだって相撲とりになれると、その時にこう思ったわけだが、わしは農家の跡とり息子だから、家の人に話しても許されるわけがねエど思って、黙って家をとび出して、一緒について行ったものナ。

大阪サ行くと、高田川部屋に入ったが、相撲の修業ってのは難儀なものでシャ。わしらのころは今と違って、朝はとても早かったナ。なぜ早いかっていえば、土俵サあがって稽古したいからだスよ。

土俵の上で稽古したのと山稽古したのとでは、たいした違うものだものナ。土にマルをかいただけの山稽古していると、マルから足が出ているか出ていないか分《わが》らねがら、気になって、思うようにとれねもんだが、土俵の上だとそんな心配はえらねエ。土俵で稽古してると踵《かかと》にも眼があるようになって、いま自分の足が土俵のどの辺《あだ》りにあるか、ちゃんとわかるようになるもんだ。だからなるべく土俵の上で稽古するようにしたもんだが、昼間だとわしらのような下っぱはなかなか土俵サあがれねがら、人のいない暗いうちに起ぎで、いくらでも多く土俵サあがるようにしたもんだス。

それでも次の年に三段目にあがり、西馬音内にもどって兵隊検査うけだついでに、家サ寄ったものナ。はじめは、なんだかんだと言って反対しておったども、この時はもうすっかり諦めでいであったス。そんタに好きだのを止めだって、なんにもならねエ、好きなようにやれって言われだものナ。

二一歳の時の一一月に、兵隊にとられで、弘前サ入隊した。歩兵であったス。二三歳の一一月に、お前は相撲とりになれって言われで、除隊になったものナ。除隊になったども、からだが弱っていたので、家で百姓しながら休養してナ、次の年の八月にまた相撲サ入った。

大正一一年の二月場所から幕下サついで、五月場所が終わったと思ったら、ほれ、シベリヤ事変がおきてナ、六月に又、弘前に入隊させられだア。八〇日ばかりして除隊になると、また相撲にもどったが、もう歳だからお前は相撲とりとしてはのびないと親方に言われでナ。それだば、いくら頑張ったって駄目だと思って、九月に相撲やめるど家サ帰ったス。

いちばん残念だったことは、のびざかりの年ごろに何度も兵隊サ引っぱられで、のびるだけのびきれなかったことだスな。わしだって兵隊に行かないで、相撲一本でやってれば、十両サだば、楽にあがることが出来たのにナ……。

家サもどると、百姓仕事したども、毎日がさびしくてナ。それでこんだ、気をまぎらわそうと思ってシャな、前から好きだった鉄砲撃《ぶ》ちをはじめたわげスよ。

その鉄砲の師匠というのが、わしの叔父にあたる三浦常吉という鷹匠であったわげス。あの当時だば、鷹使いはどんなにうまい鉄砲撃ちより三倍は獲物をとっていたから、これはおもしろいと思って鷹狩りに興味をもつようになり、わしも鷹匠になろうと思ったのだス。

そのころは、この仙道あたりにも、鷹使いがたいした居《え》であったスな。二、三〇人はいたんではなかろうか。その鷹匠たちはみんな、常吉の子分であったものナ。常吉は鷹使いだけでなく、鉄砲撃ちも名人であったスよ。あのころは一粒弾《だま》で撃ってあったども、百発百中バッバッ

（よく当るの意）であったそうだア。

わしが習うようになったころは、だいぶ歳をとってあったがら、一緒に山サ行っても、二、三羽もとればさっさと帰って来てあったども。常吉たちが若い頃に習った時は、寒中に雪の中で、裸になって訓練をしたもんだということであったスな。

わしが最初に手にした鷹は、たいした良ぐ馴らされた鷹であったス。隣の村にうんと鷹使いの上手な人がいてあったが、急に福島の方サ移って行くことになって、お前も鷹が好きなようだから、安くしておくから、俺のかわりに使って呉《け》ろと言われ、ゆずり受けたわげスよ。

安いといったって、そのころは鷹の値はよくてな、米一俵が五円五〇銭だった時に、五五円出したものナ。米一〇俵分の値だが、昔から、鷹は馬一頭と同じ値段だといわれたもんだが、あまりカネのやりとりのない時代だったから、五五円出した時は苦しがったスな。

この鷹は、よく馴らされていたので、雛から育てるよりは難儀しなかったども、鷹にもそれぞれ癖があって、どうすれば、よく獲物をとるようになるかも皆違《んな》うもんだから、そのコツを覚えるまでが大変でネ。他人が使うとよくとる鷹を、わしが使ったから同じようにとるということはないからスね。それに鷹を使うのははじめでだもんだから、しょっちゅう間違っては、そんなことじゃ鷹匠になれねエど、よぐ常吉叔父にどなられだものだス。

そんは間違いをやらがしているうちに、だんだんと鷹を使うコツも覚えるようになって、獲物も多くなってきたものナ。

わしは嘉平という人と組んでよく一緒に山サ行ったが、ひと冬に三四〇から三五〇羽のウサギのほかに、タヌキだのヤマドリなども多くとったものだスよ。いまは羽後町だけで一三〇人くらいの鉄砲撃ちがいるども、そのころは一五人くらいよりいなかったから、ウサギなどはうんといであったもんだス。それに牛だの馬だのはあまりつぶさなかった（料理しなかった）から、とったウサギもどんどん売れであったナ。

その当時はウサギ一羽の値段が、まア米三升くらいであったス。だいたい一日働くと、飯を食えば男は三升五合、女は二升五合、食わなければ男が五升で女が四升くらいの手間取りのころであったから、弾代《たま》だの餌代だのがかかっても、結構仕事になってあったネ。

それがいまでは、ひと冬に一三〇羽くらいもとれば、山にウサギがいなくなってしまうものナ。鉄砲撃ちが多くなったうえに、元折りの精密なものを使うものだから、昔みたいに手間をかけずにどんどん撃《ぶ》てるわげスよ。だから、鷹でとる分が少なくなったわげだスな。

ひと冬に鷹の働ける期間は約百日として、まア六〇日から七〇日山サ出て、一日に二羽ずつとったとしても、一二〇、一三〇羽では、話にもなにもならねエ。皮は三〇円、肉は三〇〇円から三五〇円くらいはするども、それも売ればの話で、今だば家で食ったり、隣や親類サ、ただでくれる分が多いから、勘定にも何《な》もなるもんでねエ。

　こんな具合なもんだから、鷹匠がだんだんと減ってきて、わしと二人だけになったども、いまだば、しんから鷹が好きだから置いてるわけで、合うとか合わないの計算などしたら、とても置かれるもんでねスよ。まず、道楽だと思えば間違いねスな。


　ところで、この鷹というものは、鳥のうちでもいちばん性質が荒いもんだものナ。そうだろう、七、八百匁のからだして、二貫目もあるようなタヌキをしとめるのだからネ。

だども、鷹とか鷲とかいった度胸のあるきかない（気の荒い）鳥は、すぐ人になつくようになるが、度胸のねエ鳥は、ぜんぜんなつかないものだスよ。カリだのカモだのヤマドリなどは、卵から育てて山を知らないようにしておいでも、放せばドンドンと逃げて行くが、鷹はそんなことはねエ。飛んであるくようになってからつかまえて育てても、なつくようになるものナ。

　鷹は、巣から卵をとってきて、ニワトリに抱かせて生ませる事も出来るが、それよりも、親が生ませたのをとってきて育てる方が楽だスな。鷹をとる時期は、ちょうど田植と田の草取りの間にある夏至のころが、最適だナ。鷹が巣を組むのは里山ではなく、人の入らないような深い岳山で、このあたりでは、鳥海山の麓《ふもと》から、ええ鷹がとれるスよ。

鷹の巣は大木の上に、木の枝だけでつくるども、何年も同じ場所につくるもんだものネ。だから最初は小さいども、何年もたてば二尺も三尺も高ぐなってくるども、その巣のつくり方というのが、今年はこっち、来年はこっちというふうに交互に変わり、三年目で平らになって一段高ぐなるといった具合に、なかなかうまくつくるもんだス。

また、巣から五、六尺ばかり離れた上には、かならず枝があるものナ。これはナ、雛が大きくなれば、食いたいばかりに、狂ったようになって、親でもなんでも摑《つか》むので危険だから、上の枝にとまって餌をむしって口元へ落とすのだものネ。これが鷹の落し餌っていうのだども、良ぐ考えでるもんだスな。

鷹が卵を産むようになるまでは、少なくとも七、八年はかかるし、卵は一年に一つより産まない。それがまた、今年が雄だとせば(すれば)次の年は雌というように、交互に産むわけだスな。

また山の鳥はニワトリと違って、雌と雄とが、かわりがわりに卵を抱くものネ。スズメでもツバメでも、皆《んな》同じだスよ。

こうして生まれた鷹の雛を、大木に登って捕えるのだが、これがまた大変なことでシャな。親がどこかサ飛んでいった隙をみて木サ登っても、雛がギャッギャッとさわぐと、戻って来るがらスな。親が巣にいる時は、下で火をたいて煙でいぶして追《ぼ》ってから登るども、爪をたてられても大丈夫なように厚く綿の入った胴服《どんぶく》を着て、番傘をかぶっていくのだが、まンず生命がけの仕事だスな。

巣から捕えてきた雛は、ニワトリの肉とかヘビなどを、食いたいだけ食わせて育てるわけだス。この時期に食わせないと、一人前の鷹に育たないものナ。ンだろう、発育ざかりの時に食わせねば、人だって駄目だべシャ。

こうして手塩にかけて、秋までに一人前にするわけだが、生肉ばかり食わせねばならねエから、鷹の値段が高いのもあたりまえだスな。

雛の鷹は、できたら放し飼いにした方がいいのだどもナ。その方が丈夫に育つども、ニワトリだのネコだのにかぶりつくものだから、あぶなくて放しておがれねものナ。

だから、箱に入れて育てるわけだども、秋が来て放しても上手に飛べないから、最初に飛ぶことを覚えさせるわけだス。飛ぶのを覚えさせてから、山サ連れて行って西洋ウサギをあてがり（あてがい）、ウサギを見れば自分の食い物だということがわかるように、訓練させるわけだス。いつも西洋ウサギってわげにはいかないから、時々毛布だの毛皮だのを投げてはかぶりつかせ、隠し持っていた箱から生肉をだして与えるわげだス。こうして、動く物にかぶりついたら、餌をもらえるのだというふうに仕込むんだスよ。

いくらかでも、ウサギをつかまえるようになったり、追っかけたりするようになったら、もうしめたもんだア。それから十日もすれば、走るウサギをくわえるようになるものナ。

それまでに仕込むのが、大変なんだスよ。はじめなんか、はねて逃げるウサギを、首をかしげながら黙って見ているものネ。ありゃいったい、なんだべと思ってるのだべナ。

初めのころは、ウサギをくわえるとすぐ片足を切りとって、血のでるンまい（うまい）のを食わせて、鷹に味を仕込む訳だスよ。味を覚えてしまうと今度は、ウサギをとればンまい肉を食えるという事がわかるもんだから、真剣にとびかかるようになるんだスね。

鷹がウサギをとらえるのは、好きだからやるわけではないスよ。ンまい肉を食いたい一心で、ウサギに向がって突っ込むわけだからネ。したども（けれども）はじめの年は、四、五日もかかって一羽くらいよりとれないスよ。まア一年目は、たいした働きのある鷹にはならないスな。

冬の猟期が終わって春が来ると、鷹には肉をどんどんやって、ビンビンになるほど太らしておぐわげだスな。

それから夏がすぎて秋が来ると、こんどは脂《あぶら》ののった体の肉をおとしていくわげヨ。ゴロゴロと太ってれば、ウサギにとびかかれるように体がきかないだけでなく、だいいち腹が一杯ダものだから、ウサギをとろうとしないのヤ。早く雪の来る年は一一月の半ばごろ、遅い年だと一二月に入ってから食わせないでおくが、その年に雪がいつごろ来るのかを見るのも、鷹匠の大切な仕事の一つだスな。

鷹に餌をやらないでおくと、すばらく（しばらく）はビンビンと張っている脂を食って生きるわけだスな。だから日が経てばだんだんと痩せできて、ンだねエ、三〇日もたてば、死ぬか生きるかくらいにガツガツと痩せてくるスね。この時期には、あばれるスよ。食いたいものを食わせないでおくもんだから、目に物が見えなくなるほど狂って、子どもでも犬でもニワトリでも、そばにいる生き物サだば、なんサでも飛びかがっていくようになるスな。

こんなふうにして体をからして、あと四、五日で死ぬっというとこまで痩せらせるのだども、これを見るのが難しいんだスよ。少し時期を見間違えば、鷹を殺してしまうスがらナ。それくらいに痩せらせてから、また少しずつ餌を与えて体に力をつけていくわけだス。あまり痩せらせてしまうと、ウサギを追って飛ばなくなるし、追っても一羽か二羽追えば、ハカハカと胸で息をつくようにがおけて（力がつきて）しまうものナ。だといってまた、腹がきつくなるほど食わせると、ぜんぜん追《ぼ》わなくなるし、このあたりの呼吸がなかなか難しいわけだスな。

こんなことは、やはりなんといっても、鷹を相手に何年も暮らしてみねば、わがらねス。また、ぜんぜん仕込まない鷹でも、腹が減ると一羽や二羽はとるが、食って腹がきつくなれば、あとはとらないものナ。まア、腹がきつくなればとらないのは、どんなに仕込んだ鷹でも同じだスよ。だから、獲物をとるような腹具合に、鷹を仕上げねばならないわけだス。これが、鷹匠のいちばんの仕事ってことになるべナ。

雪が来て寒くなると、毎朝晩に一時間くらいずつは、火にあててやらなければ駄目だスな。瘦せているので寒さがこたえるから、温かみを背負わせて、可愛がってやらねばいけないのだス。冬にかぎらず、いつでもそんなふうに手をかけていることが、大切なんだオね。そうやってるがら、なついてくるわけだし、鷹のからだの調子もよくわかるわけだスよ。とくに山サ出る日なんか、念入りに温かみを入れないと駄目だスね。

鷹というのはかしこい鳥で、朝に火サあてる時のかげんで、今日は山サ行く日か行かない日か、ちゃんとわかるんだスね。山サ出ない日は、自分じゃそうでないつもりだが、どうやら手当てかげんがうすくなるものらしいんだネ。それでわかるのだスな。あらい鳥だども、こまかい神経をもっているんだスね。

また、鷹というのは不思議な鳥で、今日は食わせものをしない日だとわかれば、朝に糞をたれないども、今日は山サ行って餌をもらえる日だと感づけば、朝のうちに、すっかりたれでしまうものナ。食わせないとわかれば、何日も糞をたれないでいるスよ。

これもまた鷹の不思議なところだども、後はしばらく餌をもらえないということがわかれば、その肉をちゃんと喉《のど》サとっておぐものナ。なんと、三日も四日もとっておぐシド。そうなれば喉の中で肉がくさって、虫がわいてきたりするものネ。虫がわけば腹痛を起《おご》したり、下痢したりするのですぐ分《わが》るども、秋に絶食させる時は、ほんとに困るスド。だからって、食わせてやることできないスな。

また鷹は、腹が減って面倒くさくなれば、肉を大きくちぎると、骨も毛も一緒にのみ込んでしまい、それからこんど腹の中で選り分けて、毛なら毛、骨なら骨といったふうに吐き出すといった、非常に自由のきく鳥だものナ。鷹のこうした習性を知らない人は、骨をのみ込んでいるのをみて、ありゃありゃ、鷹が骨をはばけてる（喉に骨をひっかけてる）っていうども、そんなことはねエ。鷹の腹の中は、鷹匠がいちばんよく知っとるものだス。

ほんものの鷹匠になるのは難儀なことだども、最近は経済的にもますます合わなくなってきたから、容易ではないスよ。鷹にはいつも生肉を食わせないと駄目だから、まア春から秋までの間に、餌代だけで一万円は楽にかかるネ。夏はニワトリやアヒルなどをつぶして食わせるから、生肉の心配はないども、そんなに家にいる（飼っている）訳ではないから、買わないといけないので、高くつくわけだス。

前にもしゃべったように、鷹使いは生活のたしにならないから、元をかえすことが出来ないのだスよ。だから、ええ鉄砲が流行《はや》ってくると、みんな鷹をやめてしまったども、わしはやめるつもりはねス。

朝まに、腕サ一貫目近くもある鷹をとめて山サ出かける時なんか、いやア、なんともいわれねエ、さっぱりしたええ気持になるスな。冬になって、毎日山サ歩くようになれば、今日はどの山にウサギがいるがってことが、手にとるよにわかるスよ。

鷹の眼は人の何倍もきくから、わしが見つけないうちに見つけてナ、羽根をキュッとしぼめて、「それッ」と声をかけるのを待っているども、この時はなかなか姿がいいもんだスよ。そういえばウサギはおとなしいが、それだけに神経がこまかいのか、一度鷹が追《ぼ》った山サは、一週間くらいは、姿をあらわさないようだスな。弱いものは弱いものなりに、自分を守る方法を知っとるものなんだスねエ。

それからウサギの食べ方だども、何といっても、とってきたてのウサギを、ブツブツ煮するのがいちばんンまいスな。皮を剝ぐと、はらわたも身どり（骨と肉に分ける）もしないで、ブツブツと大っきく切ると、大っきた（大きな）鍋サ五羽も六羽も一緒にぶっこんで煮るわけだスよ。とくに臓腑は、ンまいもんだス。

冬のウサギは、木ばかり食っているから、青臭い匂いがないから、糞なんかも実にンまいスよ。初めての人は、糞も一緒に煮てるもんだから、嫌って食わねども、馴れでこいば（くれば）、ンまい、ンまいって食うようになるス。夏に草を食ってる時は青臭い匂いがするども、あれは糞からでなく、肉から匂いが出るものなんだス。

しかしまア、ブツブツ煮しなくとも、ウサギの肉は軽い味だから、誰の口にも合うスな。ニワトリの肉は嫌いだという人でも、ウサギの肉だと喜んで食べる人がいるスな。ただウサギの肉を煮た時は汁がにごるから、できたら醬油で煮るよりは、味噌で煮た方がンまいし、見た眼にもきれいだスよ。それがら、焼ぐと肉がゴッゴッして固いども、それでも結構ンまいもんだス。フライで焼ぐ時は、あんまりこまかく肉を切らないで枝のままでやった方が、ゴッゴッと固くならないから、ンまく（上手に）焼けるスな。また、生《なま》のまンまで食うのもンまいスよ。山サ行って腹が減って食う物がない時なんか、よく生で食うども、あたるようなことはないスな。

わしはもう六八歳になって、若い時みだいには山を歩けなくなった。昔は一日に十数里も雪の山を歩いても、何ともながったものだども、今じゃ、とてもそんな気力はねエ。それで奥山サは入らねで、主に里山ばっかり歩いてるども、鷹狩りのほんとの味は、里山にはねエ。やっぱり奥山にかぎるスな。

鷹匠もわし一代で終わりだろうが、時代が鷹狩りを必要としなくなったのだから、それも仕方のないことだろうナ。駄目になったものは消えていく、鷹狩りにかぎらず、それが世の中というものだべネ。

オオカミのこと

星野道夫

野生のオオカミと出会ったことがある。

オオカミについては、物語上の架空の生き物という潜在意識が私にはある。初めて実在の気配を感じたのは、アラスカに移り住み、何年かしてからの秋だった。山の中でかすかな遠吠えを聞いたのだ。子どもの頃、ディズニーやシートンの世界で想像した生き物が、姿こそ見せないがどこかにいた。

それから数年して、オオカミは私の前に姿を現わした。巣穴が近かったのだ。黒と灰色の二頭のオオカミは、稜線上に現われ、私を見つめていた。ザックをおろし、写真を撮ろうと思った時、オオカミはすでに消えていた。その翌日、巣穴を見つけた。昨日まで、ここで子どもを育てていたに違いない。巣穴はもぬけの空だった。まわりに残されたオオカミの足跡に、私の山靴の跡が交錯した。彼らの世界に、私は土足で踏みこんでいたのだ。初めてのオオカミとの出会いには、苦い思い出だけが残った。

そして昨年の夏、不思議な体験をした。その夜、私は白夜のマッキンレー山を撮影していた。この時期、極北の太陽は沈まない。マッキンレー山の残照は、もうそのまま朝焼けだった。撮影が終わり、コーヒーを沸かしていた私は、何かの視線を感じた。気がつくと、十メートルも離れていない場所で、オオカミが私を見つめている。信じられない気持ちのまま、私はカメラに一〇〇ミリのレンズをつけ、シャッターを切った。背後には、朝焼けのマッキンレー山がそびえていた。

アラスカではこのころ、オオカミをめぐって大きな論争が巻き起こっていた。ムースのポピュレーションが減少している事態に対し、アラスカ野生生物局がオオカミを殺し始めたのだ。十分な調査がされないまま、とりあえずオオカミを減らすことによって、ムースの状況をみようということだ。アメリカの他の州でもそうだった。悪者はいつもオオカミなのである。繰り返されてきたオオカミの歴史が、最後に残された土地、アラスカでまた始まった。

オオカミのもつこの悪魔のイメージは、いかにしてつくられたのだろうか。それは、人間の経済的利益と対立してきた歴史からくるのだろう。アメリカの開拓史上、かつて合衆国全域を覆っていたバイソンが乱獲により消えてゆくにつれ、人間とオオカミの対立が深まっていった。食物のなくなったオオカミが、家畜を襲い始めたからだ。人間に害を与えるさまざまな現象のシンボルとして扱われてきたオオカミの伝説は復活し、人間は狂ったようにこの動物を殺し続けた。オオカミがこの土地から消え去るのに、多くの時間は要らなかった。「三匹のこぶた」、「赤ずきんちゃん」の中のつくられたオオカミのイメージは、現在もなお生き続けている。

アラスカの人々にとって、狩猟は生活の一部として切り離せない。ムースはその中でも一番欲しい肉であった。州の行政機関であるアラスカ野生生物局は、その予算の大部分を狩猟のライセンス料でなりたたせている。当然ハンターからの圧力が強く、とにかくムースの数を増やさなければならなかったのだろう。その後の調査が進む中で、皮肉なことに、ムースのポピュレーションを左右しているのは、オオカミではなくてグリズリーであることが判ってきた。すでに多くのオオカミが殺されていた。

私たちの生活の中で、一つの大切なことは、人間をとりまく生物の多様性だろう。一生の中で、オオカミに出会う人はまずいないし、それはどうでもいいことだ。けれどもどこかにそんな世界があるということ、それを意識できることは大切なことだ。それはもちろんオオカミに限ったことではない。私たちの日々の生活と直接関わることのない、たくさんの世界、現象、それが存在すると意識できることは、とても大切なことだ。

多様性、それは決して生物の世界にとどまらず、人間社会の中における文化の多様性にもあてはめることができる。それは私たちの考え方を刺激し、思考に豊かさと選択の機会を与えてくれる。時には私たちの中に存在する、いろいろな問題を解決するための方向性を与えてくれるかもしれない。健康を維持してゆくためにいろいろな食べ物が必要なように、同じことが精神の健康にも必要なのだろう。

一部の人間、民族、あるいは一つの種の価値観をもって、異なるものの存在を脅かしてゆく方向は、いつしかそれ自身が袋小路へと追いつめられてゆくに違いない。

生物の多様性の存在は、まず私たち自身をほっとさせる。そして、私たちが誰なのかを教え続けてくれる。違うものの存在を認めるということ。あの夜、私を見つめていたオオカミのまなざしがそれを語りかけ、教えてくれたような気がする。

わたしの友だち

犬

林芙美子

　私の家にはペットと云ふ犬が一匹、もう随分長い間ゐる。立ち上がると私の胸の辺まである大きい赤犬で、ポインターの雑種だが、これでも馴れてくれれば非常に可愛い。コリイでなければ、セハアドでなければなど犬の広告も見るが、これも、その時代の英雄が、セハアドであつたり、コリイであつたりするだけのもので、私には、此駄犬のペットがもう生活の一部になつてしまつてゐる。――此犬は非常に孤独で、友人と云ふものがない。子供が好きで、子供を見ると一散に走つて行く。子供の方で吃驚《びつくり》して泣き出してしまふが、馴れて来ると、毛をむしられても平気でゐる。

　犬の神経には、非常にデリカシイがある。私はいつたい、猫だの犬だの見るのも嫌ひだつたのだが、此犬がうちへ来てから、さう厭《いや》でもなくなり始めた。

私が鼻唄でもうたつて芝生に寝転がつてゐると、もうまるで狂人のやうによろこんで、私の体にチョッカイを出しに来る。怒つた顔をしてつつたつてゐると、こいつも、空を見上げて呆《ぼ》んやりつつ立つてゐる。何も芸を知らないが、無理に教へようとも思はない。実に弱味噌で猫に負けて帰つて来る。夜おそく外出先きから帰つて来ると、この犬だけが起きて待つてゐてくれる。くんくん鼻を鳴らして、それは全く新婚の奥さんよりも甘く優さしい。私は石段に腰を掛けて長い間此犬の奴と子供のやうな話をする。

私「御飯たべたのかい？」

犬「食べたよ」

私「何をして遊んでたの？」

犬「畳屋さんと遊んだよ」

犬も私も対話が出来るのだ。畳屋さんと遊んだ証拠には昆布のやうな黒い畳のふちぎれを、自分の巣の中から出して来て私に見せる。私は暫く此ふちぎれを力いつぱい引つぱつてやる。すると、犬の情熱が一刻々々高ぶつて行つて実に物凄く唸り出す。犬にとつては楽しい遊びなのだらう。

又、此犬は、夜番の提灯が好きで、夜番のカチカチが聞えると、道に這ふ灯影をしたつて走つて行く。夜番も気丈夫なのだらう、此犬を可愛がつてくれてゐる。

チエホフの「燈火」の中かなにかに、夜風の強い晩、飼ひ犬がおびえて何時までもないてゐるところの描写があつたが、非常に心に残つてゐる。あまり長い間バアオバアオなくので、鉄道技師か何かの飼ひ主が何度も戸外へ出てみるのだが、何も変つた事がなくて、只、犬が淋しくて吠えてゐたと云ふ風なものだが、犬の淋しがる事は人間よりシンケンだ。雪の晩や雨の晩などは少しも吠えないで、風の強い晩や、月のいゝ夜など何か侘しいらしい。出て行つて頭をコツンと叩いてやると、尻尾をまるでちぎれるやうに振る。

犬の習性と云ふものは面白いものだ。家族と一緒に何も彼も同じものを与へるのだが、散歩に連れて行くと塵芥《ごみ》箱にかならず首をつつこんで何か探す。別にとがめだてはしないが、これは少々飼ひ主にこたへる事で、散歩も早くきりあげて来る。

此頃、川端康成氏の御紹介で「みゝづく」を一羽買つた。部屋の中に何か別な愛玩物が出来た事を此犬はさつしてしまつたのか、二三日ぶらりと家を出てしまつた。警察へ行つたり何かして心配してゐると、首に固く針金を巻かれて帰つて来た。まるで骨と皮で、針金が巻いてあるので、何を食べさせても、もどしてしまふ。きつと、赤犬なので誰かしめ殺して食べるつもりだつたのだらう。針金が網の目のやうに巻いてあるので切るのに大骨折りであつた。——此様な犬にも嫉妬の気持ちがあるのだらう。

みゝづくを、犬のそばへ持つて行つてやると、それでも主人のものだからと思つてゐるのだらうか侘しさうな顔をして只通り過ぎて行く。みゝづくは、小鳥たちと違つて、実にオウヤウで、「ププやア」と云へば「ボオウ」と答へる。こんな生きものを飼ひ出したら、仕方がなくなると、思ひながらも、淋しいので、つい、何時か口癖になつて、「ププや、ペットや」と云つてゐる。老人が時々一人ごとに、自分の死んだ子供や孫の名なんどを呼んでゐるのを、よく嗤《わら》つた事があつたが、あんな淋しさと一脈通じたものがあるのだらう。

みゝづくと云ふ小鳥も実に孤独な奴で、陽がある間中呆んやりしてゐる。夜になると、活気づいて、羽根をバタバタやつたり、「バオウ！」と何度か啼く事があるが、小鳥のやうにせつかちではない。私は物好きにみゝづくの出て来る詩や小説を貧しい蔵書の中に探してみたのだが、みあたらなかつた。――外国にもみゝづくはきつとゐるには違ひないのだが、仏蘭西《フランス》に居る間も英国に居る間も、此様な鳥の事を気にもかけてみなかつた。子供の物語りのイソップの中にみゝづくの出て来る場面があつたが、外国にも居る鳥なんだらうか。

夜の鳥は陰性だと云ふが、うちで買つたみゝづくは、まことに素直で「ププや」と云へば「ボオウ」と答へる。

五日目ごとに陽に出して水をかけてやると犬の奴もそばに寝転がつてぢつと見てゐる。私にとつては何も彼もなくなつた、実に楽しい一瞬だ。

〔編集部注〕本書では、底本の旧漢字を新漢字に換えて表記しました。

褒め上手の効用

米原万里

「わーっ、クレちゃん、いい子ねえ。なんていい子なの！　こんなに美人で優しくて賢い犬がこの世にいたなんて奇跡だわ！」

「クレちゃん、お見事！　惚《ほ》れ惚《ぼ》れよ」

「クレちゃんみたいな立派な犬と一緒にいられるなんてほんとに幸せ。ありがとう！」

最近こういう大げさで歯の浮くような褒《ほ》め言葉を日に何度口にしていることか。たまたま耳にしてしまった人は例外なく笑い転げる。冗談半分のふりして、

「米原さん、大丈夫？　本気なの？」

真剣に心配してくれる人もいる。

私は大丈夫に決まっているが、本気である。本気で心を込めて褒めてあげないと、クレに即

座に見破られてしまうのだから、決しておざなりな物言いをしてはいけない。クレはおざなりな態度を敏感に見抜き、そのことで傷つき、せっかく培《つちか》った私に対する信頼を損ねてしまうかもしれない。だから少しも気が抜けないのだ。

人間は美辞麗句に騙《だま》されるかもしれないが、犬は字句そのものに惑わされたりしない。言葉を発するときの声の調子、顔の表情、雰囲気全体から真意を読み取る。こちらが本気だと、クレも本気になってくれる。

一昨年の暮にわが家にやってきたのでクレと名付けられた巨大な白いモジャモジャの塊はメス六歳のピレネー犬で、おとぎ話の中から飛び出してきたかのような、性格《ひと》の良さそうな無防備な表情をしているにもかかわらず、初日から丸二日間吠え続けた。寝ているときと、散歩しているときと、糞尿を垂れているときと、ご飯を食べているか水を飲んでいるとき以外ずっとずっと吠え続けた。身体がでかいから神経に障《さわ》るキンキン声ではないが、音そのものが大きい。身体全体に響いてくるから、それが絶え間なく続くとすごく疲れる。寛大で心優しい隣人たちも三日目にはさすがに我慢の緒が切れたらしく、それでも遠慮がちに、

「どうにかなりませんか」

と尋ねてくる。どうにかしなくてはならないが、殺処分だけは避けたい。そのためにこそ、引

き取ったのだから。

湘南のとあるブリーダーが倒産して、多数の犬を置き去りにしたまま夜逃げした。動物管理事務所が引き取り、薬殺処分されるところを動物愛護団体が保護して、里親探しに乗り出した。小柄な犬はすぐに引き取り手が見つかって片付いていったが、ピレネーのように巨大だと躊躇《ちゅうちょ》する人が多い。食べる量も必要とする運動量も、居住面積も半端ではない。それでも、不憫《ふびん》に思って、あるいは堂々たる風貌、愛嬌《あいきょう》のある顔に惹かれて引き取る人がいた。しかし、一週間から一〇日もすると持てあまして返してくる。六年間も親しんだ最初の飼い主に捨てられて不安で心細くて仕方ないところへ持って来て、家から家へとたらい回しにされるうちにピレネー犬はますます心が不安定になってきている。それを聞いて、つい引き受けてしまったのだ。すでに猫五匹犬二匹と同居する身で、それ以上ポピュレーションを増やすのは正気の沙汰ではない。頭では分かっているつもりでも、

「一人殺すも一〇人殺すも同じ」

と殺人犯が思い込むのと少し似ていて、

「七匹も八匹もさして変わらない」

と観念しているようなところがある。もっとも、殺すのと違って相手は生き続けるのだから、

それに伴う厄介事が増えていくということでもある。それを思い知ったのは、実際にクレが四六時中吠え続ける地獄の渦中に置かれてからのこと。クレをこれ以上たらい回しにするわけにはいかない。しかし、今後も吠え続けると、それもままならなくなる。獣医に相談しても、

「いやあ、吠えるのを止めさせるのが一番難しいんですよ」

諦めろと言わんばかりの口振りである。

「吠えるのは寂しいからなんです。構って欲しいんです。下手に叱りつけないほうがいいですよ。犬は無視されるぐらいなら叱られるほうがずっといいと思ってるんです。吠えれば注目されると思い込んでますます吠えるようになります。だから吠えても無視するのが一番ですよ」

言われた通り無視してみたが、二時間でも啼《な》き止まない。だからといって、クレと遊び続けていたら、猫五、犬三、人二の食い扶持《ぶち》を失ってしまう。

藁《わら》にもすがる思いでインターネットで検索したら無駄吠え防止首輪なるものを発見した。吠えて声帯が震える度に電気ショックを与える装置。酷《こく》だが、殺処分されるよりはマシと考えて購入した。

効果覿面《てきめん》。「ワン」と一吠えしてその先は押し黙るようになった。これで首輪をはずしても、「吠える→電気ショック」という条件反射が形作られていさえすれば永遠に吠えなくなる。しめ

しめと思っていたら、一月もすると、また頻繁に吠え始めた。電気ショックに耐性ができてしまって効き目が無くなった。

次に啼く度に、犬が嫌うものの人間の耳には聞こえない周波数の電磁波を発して不快にさせると謳《うた》う装置を購入した。同じく「吠える→不快」という条件反射を形作るというもの。これは詐欺《さぎ》では、と思うほど全く効かなかった。というよりも、クレはますます吠えるようになった。

ついに、打つ手が無くなり、犬の名訓練士、I先生にすがった。

「うまくいくかどうか分からないが、一ヵ月から最大三ヵ月まで預かりましょう」

とI先生は約束してくれてクレは寄宿学校に入学。一月後I先生から手紙が来た。

「クレちゃんの健康状態は大変良好で、よく食べよく遊び、毎日元気に吠えてます」

やはり無理だったのか、とあまり期待しないでいたら、三ヵ月後に卒業して（わが家で最も高学歴の犬になってしまった）戻ってきたクレは歌を忘れたカナリアのごとく寡黙になった。

もしや声帯を失ったのではと心配になるほどだったが、二週間もしないうちにまた吠え癖が復活して安心と失望を同時に味わわせてくれた。再びI先生に泣きつくと、

「いいですか、吠えたときに叱るよりも、吠えなかったときに褒めるようにしてください。心

を込めて褒めちぎってください」

と指導された。

「人間だって一〇〇人中九九人は貶《けな》されたり叱られたりするより、褒められたほうが才能を伸ばすのです。犬はなおさらです」

と言われるから説得力がある。

そして確かに、褒められるとクレも心地よいらしく嬉々として尻尾をふりながら言うことを聞いてくれる。常に褒め称《たた》えることの効用はまだある。いざというときに叱りとばした際の効果が抜群なのだ。

馬と私

吉屋信子

わが買ひし馬が勝ちたり馬券これ

これは多分朝日俳壇に虚子選で出た名句である。選者が競馬場へ行かれたとは、うかがったことはないが、さすがにと感服した。

これは自分の買った持馬が勝ったというわけではなく、自分がめあてをつけて買った馬券の馬が、一着に見事ゴールインしたという刹那の喜びで、手に握りしめた一枚の或は数枚の馬券を、今更に宝石のように見入る刹那の感情で、誰でも一度競馬場に行って馬券を買った人ならわかる気持である。

ところがその反対に、わが買いし馬は負けたり馬券これ――となる時は、手に汗ともに握りしめた馬券をまるで悪魔の申し子のように、いまいましげにぱっと投げる。と、落葉のようにはかなく散り舞う……念入りのは、恨《うら》み骨髄に徹するごとく、指先で細く力をこめて引きちぎる。

これがまたいろいろの馬券を数枚買いませていたとなると、勝馬のきまった時、あわてふためいて（多分あれも買っていたはずだが）と探し出す。悲苦交々《こもごも》の馬券風景である。

それが単勝、複勝で、一頭ずつの馬に賭けた時は、馬の名を連呼するけれども、一レースの一、二着を組合せてあてる連勝となると、複雑で、番号だけを記憶してしまって、馬の名が遊離してしまうことがある。例えば4―1とか、5―3とか、これが頭に入っているので、応援する時も、馬の名を叫ばず、4―1！　とか、5―3！　とかなどと応援するからおかしい。

私も連勝を買うと、なかなか馬の名を覚えなかったので、馬に馴染み、馬の名を覚えるために、しばらく単、複ばかり買ったりした。

――などと書き出すと、随分私は長く、競馬に行っているようだけれど、実は競馬随筆などと銘うって書くのが、おこがましいほどなのである。

生れてはじめて競馬場へ行ったのは、なにしろ二十何年前の巴里のロンシャンとかオートイユとかが始りである。

その時、競馬場の美しさ、今の巴里は知らないが、その当時は流行は、競馬からという言葉通り、今日を晴れと着飾った御婦人連がアラモードの姿で、競馬場を、しゃなりしゃなりと歩いていたので、馬を見たり流行をみたりなかなか楽しい場所だった。

何もわからないから、競馬新聞を買って本命の馬を買って、当らなかったり、当ったりだった。ある時繋駕《けいが》の特別レースがあった。五月のある日、若い小意気なフランスの騎兵将校達のレースだった。

その時、その勝負がすんだ直後、今までどこにいたのか、馬場の方へ駆けつけて来た美しい服装の中年のフランス婦人が、私に突き当りそうになった。彼女はある馬の名を言って、これが勝ったかと私にきいた、勝たなかったと答えたら、瞬間悲しい表情で、白手袋の掌を開くと、さっと沢山の馬券が散り落ちた。それはその馬券が当らなかったのを悲しんだのではなく、どうやら乗り手の粋な将校の勝たなかったのを悲しんだらしい女の情念が浮んでいたのを、私は今でも忘れない。先日、アンナ・カレニナの映画を見てアンナが競馬場で愛人ウロンスキーの馬の出走をあやぶむ場面を見て、あの二十数年前の巴里のボアでの光景をはからずも思い浮べてなつかしかった。

その巴里から帰って、横浜の根岸へ行った。特にそこを選んだのは多分異国情緒の見果てぬ夢を追ってだったかも知れない。

しかし私が競馬というものを、もっとも自分の趣味と、しはじめたのは戦後だった。

その当時は、今のように競輪はまだなく、地方競馬も、今ほど多くなかったので、府中も中山も超満員の押すな押すなで、現在こそ、随分来る人々の服装も整い、清潔にきれいになったが、その、戦後間もないこととてもんぺの婦人や、戦時記念の雑嚢《ざつのう》を肩からかけた闇屋さんのような人も多かった。だから穴場などもたいへんな雑沓《ざっとう》で、馬券を買うのも一苦労だった。

その後に競輪が始り、船橋や川崎のような競馬場もふえたので、それほどでもなくなり、一時は、入りのすくない寂しい時さえあった。だが、それにもかかわらず私はせっせと競馬場へ通った。

なぜ、通いつめたか――それは単に馬券に夢中になったというわけではなかった。実は私はあの当時、戦争中たいていの人がそうであったように小説が書けなかったので、戦後すぐ、ものを書き出す時、思うようにならぬことがあった。どうかして自分の活路を、生き生きとして新しく、新鮮に見出したいと思ったが、なかなか意の如くならず憂鬱だったのである。その吹き切れない自分の気持を、競馬場のひとときに、自分の買った馬券の運命が、刹那できまる奇妙なスリルのようなもののなかに、自分の憂愁をまぎらす術《すべ》を求めたわけだったのである。私はその頃の競馬場での自分がいまから思えば、なつかしいような、あわれだったような気がする……。

いまでもあの秋の日の小雨の降りしきるある朝を思い出す。その日競馬場へ行った時、雨のせいもあって人はごく少かった。府中競馬場の落葉があちこちに雨に打たれていて、なかには木の幹にへばりついているものもあった。傘をさして買った馬券を戦争前からの古びた外套のポケットに入れ、スタンドの方へ歩いて行く時、赤や青や黄のさまざまの色の模様の服飾をつけた騎手が馬もろとも雨に打たれながら馬場へ入って行く光景をじっと見ていた……。

それは、競馬場の華やかな空気とは似ても似つかぬ、何か人生の一こまのやる方ない悲しみともいうべきものが、しみじみと一種の哀愁となって私の胸に湧いた。

私がそうして競馬に行きそめていた頃は、たいへんなセンチメンタリストだったのだ。それは決してリクリエーションでもプレーでもなく、自分自身の感傷の棄てどころを競馬場に求めて行ったようなものである。私の競馬場通いはちょっと普通の人々にない心的風景だった。

その頃、私は朝早く競馬場へ行って、府中でも中山でも手入れのいい花壇に花の咲いている公園のような風景を味わいながら木蔭のベンチで一人淋しく手にした競馬新聞の幾種かを、どんなに熱愛して読んだことだろう。

各々の競馬新聞にはなかなかの名文句がのっていた。その日のレースに関して、或は勝馬の予想について――なかなか才能のある筆致だった。私はそれを隅から隅まで読みあさるばかりでなく、馬に関してのいろいろの本を売店で買っては愛読した。（曳馬の見方）（競走馬の基礎知識）等の小冊子を、買っては読み耽った。

その当時は馬券専門に、私は随分熱心に考えて買った。予想通りの本命は、やはり気が進まず中穴くらいのところをねらっては自分の考えを試みた。もっとも競馬新聞の予想記事を参考に、そして愛読した（曳馬の見方）等の参考書の知識をおぼつかなく働かせて、買う馬券をきめた。時々単複連も一枚も無駄にせずにあたって、会心の笑《えみ》をもらすことも何度かあったが、一番大穴をとったのは、冒険でたった一枚（百円）買ったのが八千何百円になった時である。

そして雨の日も風の日もといっていいほどやむを得ないことのない限りは競馬場に通っているうちに（それは土、日曜の府中と中山だけだったが）やがていつしか私の心の曇りが晴れて行った。……私は自分の仕事に勇気を得た、行き詰りが打破された気がした。戦後自分の新しい仕事に立ち向かう力が湧いて来た。その上、終戦後、ちょっと風邪をひいても一月あまりも寝込むような不健康な状態から抜け出して来た。心も身体も調和がとれて来たのである。

しかしそうなると不思議なことに、馬券があまり当らなくなった。それはかつてのように心の憂悶をまぎらすために、馬券に心を托して打突《ぶっ》かって行けないからに違いない。

そのうち、私の競馬場通いをお認めにあずかったのか、農林省から競馬場へ招待状を戴くようになって、招待席の椅子に腰かけられた。

それから、私はあの有名な名馬トキノミノルの馬主の永田氏にすすめられていつしか一頭の馬主となった。それは牝馬《ひんば》のサラブレッドの三歳の中堅馬、私の経済に相当の馬だった。私の誕生石のガーネットと名づけた。なかなか脚の早い馬という評判だったが、残念なことに心臓に先天的の痼疾《こしつ》があることが発見されてがっかりしてしまった。それでもともかくレースには出してみたが、心臓のせいで息がつづかず、二、三着まではゆくが、どうしても馬主が手綱を取って優勝の記念撮影をするところまでは行かなかった。それで諦めて手放すことになった。——思えばこのガーネット嬢も束の間、持主の許に来て、やがて離れて行った悲しい幻の馬である。

馬券時代をすぎて、一度馬主となった私は、やはり馬を持たないで馬主席にいるのは淋しかった。馬主席にはすでに（ミカヅキ）の持主吉川氏、（モモタロウ）の持主舟橋氏、（スガタ）の持主富田氏がいられた。

文士の競馬といえば元祖、菊池寛――その伝統がそこには伝わっていた。いつか三越にあった物故の文人の遺品展覧会場に、菊池氏の遺品の中に愛用のステッキと競馬用の望遠鏡の置いてあったのが、競馬場を知り初めた私の心を惹いた……。

菊池氏ほどの人が、自分の持馬の発馬の刹那を見る時は、その望遠鏡を持つ指先がガタガタ震えたと今も語り草である。しかし、それは時として、誰でもガタガタ震えるにちがいない。

私は自分の心の行き詰りの時代に明るい道へ連れ出すまでの憂悶のすて場所となった競馬への謝恩のためにも、せめて一頭の馬を養いたかった。

幸いその後、一頭のこれもまた牝馬を獲た。馬ぐらいせめて牡を授かってもいいと思うのにどういうわけか私は牝馬に縁が多い。これには（クロカミ）黒髪と名づけた。私は外国語の名前をつけるのはガーネットで懲りてしまった。現在の趣味としては日本の言葉の名の方が、なつかしいし親愛感を持つ。ミカヅキ、然り。モモタロウ然りである。テルギク、カツギクなどという名妓のような名前の馬の名を見出すとほほえましい。ついその馬券も買ったりする。

さて、私の愛馬（黒髪）には、名騎手中村広さんが乗ってくれる事になっているし、この秋のシーズンに機会を得て初出走する。

願わくばたてがみを黒髪の如くなびかせてともかくもよい成績をあげることを、厩舎へ行くたびに、黒髪の頰を撫でながら思っている。ところが、この黒髪女史、時々扁桃腺を腫らして熱を出したりするので、その度に馬主の胆は冷えるのである……。

馬主といえば、昭和二十四年の調べでは国営競馬だけで全国八百四十三名の馬主がいるそうである。うち女性が五十名だそうである。なるほどそう言えば、府中や中山で一着馬の手綱をとりに出る馬主の中に若く美しいひとを見受ける。美女の勝馬の手綱をとる姿はなかなかいい風景である。思うに馬主に美人が多いらしい。ただし、断じて私のことではない。

この馬主の年齢の表を競馬雑誌でみたら四十代がもっとも多く二百九十五名、五十代が二百七十一名、三十代は、百八名である。馬を買うのには、やはり四十代五十代にならねば買えないというわけであろうか。しかしその馬がこの夏以来、非常に高値になって、血統のすぐれたサラブレッドの二歳馬が、三百六十一万という値段でも買主があったということはさすがに評判となった。

こう馬が高くなっては到底、普通の人には買い切れないと思う。何故こう高い馬でも人が争って買いたがるのか。それはみなダービーの栄冠をねらってであることはいうまでもない。一国の宰相になって野党にいじめられるより、ダービーの優勝馬の持主となりたいのかも知れない。どうしても高い馬はよい馬、そして勝機を摑むものとみるより仕方がない。今に競馬新聞の予想、出馬表に馬の名の下に父系母系の血統やタイムのほかに、馬の値段も書き込んでおかねばならなくなるかも知れない。

ともかくどうやら私は一頭の馬主となって、その虎の子のように大事な馬の調教を見に、夜明けに起きて、この夏あたり府中の競馬場へ出かけた。朝露に濡れている馬場の芝生の上を自分の馬が走って行く姿は、言い知れぬ爽快な感じである。

そして私の例の寂しさ侘しさ趣味を満足させるのは、競馬関係の土日の昂奮した人をもって埋めるスタンドも馬主席も、馬券の穴場も売店もみな閉ざされて、しんとして、ダービーのあの熱狂した人の群の過ぎ去った光景などを思い浮べると、観衆の一人もいない競馬場の風景こそは、はかない——全くものの哀れを覚えさせる静けさである。私は何故かそれが好きで、時々夜明けの調教を見に行きたくなる。

だが一度、競馬が開催されるや、ふだんは静かに古城の如く空虚にそびえていた競馬場の建物という建物が、人でみちみちて、あの廃屋のように閉ざされてあった穴場のまわりを群集で埋めてしまう。

はずれた馬券は惨澹と散りまぶれ、札束を摑んだ人が現われ、失った人が吐息をつくのである。馬主席には自分の馬が勝ったといい、負けたといい、どんな大人の男も子供のように昂奮して騒ぐのである、そして御婦人達の嬌声も聞えるのである……。

私もその馬主席の一人だが、そこから馬場の柵の前の広場を埋めるたくさんの観衆を眺める時——ふとその中に私がかつて二、三年前、この同じ競馬場で、その人達の間にまじって、熱心に考え考えて買った馬券をポケットに入れ、望遠鏡をぶら下げて——行き詰った心を抱きながら立っていた姿が浮ぶ……。

そのもう一人のかつての私は、広場に立って寂しい眸《ひとみ》で、馬主席にいる現在の私を見やって静かにほろ苦い微笑を浮べているのだ……。

私は時折、そのもう一人の私の幻影に見詰められている気がして、椅子を立ち上って、馬場の前の群集の中に溶け込んで行って、もう一人のかつての私を探し求めたい発作にかられる……。

悪魔と黒猫

森茉莉

《今日はなんとよい日でございましょう。神様、あなたのお恵みです》私は心の中に呟いてから、ペンをとった。動物について書けという依頼ははじめてである。こっちから無理に書いたことはあるが。

わが愛する猫たち、犬たち、そうして一度は寝台《ベッド》の上で一緒にいてみたい豹（ことに黒豹）、ライオン……《若し私にお婿さんか恋人をつれて来てくれるという人があったら、それよりもむくむくとした黒豹の仔をつれて来てくれるべきである》こんなことをいうと私の年齢を知っている人は笑うだろうが、喩話《たとえばなし》である。豹か、ライオンと寝台に横たわり、或る時は睡ったり、目が醒めて亜麻色や、黄色茶に焦茶の斑点、黒に黄色の紋様なぞのぬれ光る毛なみの手の先や肩、肱《ひじ》、胸、後首の、少し高くなったところを撫で、クウルな、それでいて感情のある眼よりも素敵な二つの眼と見詰め合い、(向うの眼は無感動。彼らは親しみは体の動きと声で現わすのである)又は顎《あご》をぐいぐい上向けて、いつまでもそうしていて、止《や》むなく忍従の眼をしているのを見たりすることを空想するともう楽しさとうれしさが体中にしみわたり、青葉の飾りが豹と私とをとり巻き、天《そら》がそっくり被《かぶ》さってくるのだ。全身毛皮に包まれているところからくるらしい彼らの清潔感、ｓｅｘについて罪の意識が皆無であって、清らかで純粋であることはどうだろう。(誤解のないように言っておくが私はレダでない)レダではないが、私は豹の仔や、自分の育てた豹(ライオンもいいなあ)を一匹以上飼いたくない。私は豹と暮すことになったら、門から玄関まで小一里はあって、鬱蒼《うっそう》とした樹々が家を囲んでいる家を購《か》うだろう。清潔と汚れとの区別のつかない人々の噂《うわさ》を防ぐため、というよりも無上の楽しさの生活が辺りの雑駁《ざっぱく》な世界の中に溶け散って行かないためである。

或る朝天から降って、私を待っていたように井戸端に、毛玉のように丸くなっていたジュリエットは、十三年と四カ月私と暮したが、彼女は足の裏まで黒い黒猫で、柔らかで滑らかな毛皮の中に、濃藍色の目玉を薄緑色が囲んでいる、大きな眼が嵌《は》まっていて、猫を最も厭《いや》らしくするところの、あのニャーゴという声を、生れてから死ぬまで決して発しなかった。彼女は嗄《かす》れた声で「エッ」というだけだ。頭がよくて、他《ほか》のバカ猫どものように、動物を(畜生)と呼んで、人間より下の生き物だとしている女の部屋の扉口《とぐち》で、もの欲しそうに坐っているどころか、近づこうともしなかった。猫族の中でも特に誇りが高く、腹が減ると鰹節飯《めし》や魚をおく新聞紙のところに、私に背を向けて坐った。一時間待たせると、ついに誇りを捨てて振り向き、「エッ」と言うのだ。簞笥《たんす》の上に蹲《うずくま》り、薄眼を開いているジュリに私は言った。「ジュリ。悪魔の国の悪魔たちが、人間に報《しら》せることを禁じている魔の国の秘密を、お前は知っているんだね。でも私は知ってるんだよ。私の夢の中でお前は脚が鳥で頭が猫の怪物と一緒に空を飛んでいた。あの一緒にいたのはなんだい？　私の横に睡っていると、私にはみせておいて、お前は毎晩どこへ行ってくるのだ？」と。

死ぬ日の午後、寝台の下から私を見て、一声啼《な》いたお前の声は今でも私の胸を搔《か》き毟《むし》る。それは母親の死んだ時の記憶よりも切ない。何故《なぜ》ならお前は自分が猫であることも知らず、死というものも知らずにいて、そのために幸福だった。それが最後の日になって、やっぱり何かを感じたらしかったからだ……。

犬のわる口

田中小実昌

ぼくが原稿を書いているすぐうしろで、とつぜん、犬が吠えだし、びっくりした。ぼくは、二階の四帖半の部屋の隅の掘りコタツ式になった机で原稿を書いている。うしろは本棚だが、その壁のむこうには、となりの六帖間の窓がある。

ぼくの家は通りの角にあり、この窓は通りに面している。うちのバカ犬が、いつのまにか二階にあがってきて、この窓に足をかけ、通りにむかって吠えてるのだ。

昼間は、犬は家のなかにはいれない。ところが、ほんとにダメな雑種の犬なのに、この犬は網戸をあけるのがうまい。

今は暑いので、下の部屋は網戸になっており、犬は、片足でコチョコチョっと網戸をあけ、かってに、なかにはいり、こうして、二階にまであがってくる。

昼寝をしているときに、犬に顔にのっかられたりしたら、たまったものではない。昨日《きのう》は、寝ころんで本を読んでるところに、猫がきて、ぼくの目と本のあいだにもぐりこみ、じゃまをした。

猫は、ぼくが本を読むのをじゃましてるのを、知らないのではない。ちゃんと知っていて、じゃまをするのだ。

ともかく、二階から吠える犬なんて、ほかでは見たことがない。おなじ二階の六帖間の裏側の窓から、この犬が外をのぞいていて、下におちたことがあった。

ぼくの家の裏には、塀とのあいだに、一・五メートルぐらいの通路があり、雨が降りこまないように、ビニール屋根がついている。

このビニール屋根の上に、バカ犬はおっこったのだが、ビニール屋根は傾斜しており、二階の窓から手をさしだしてるぼくのほうに、犬は這いあがろうとしては、ずるずる、すべり落ち、となりの家のご主人が、コンクリートの塀の上をあるいてきて、ぼくも外から塀にかけたハシゴをあがり、バカ犬を救出した。それでもこりずに、このバカ犬は、かってに二階にあがってきては、窓から外をのぞく。この窓も網戸なので、犬は、かんたんにあけちまうのだ。

女房と下の娘が中国にいったときは、上の娘が、犬と猫と、そしてぼくのゴハンをつくるために、うちにもどってきていたが、ある夜、上の娘が、つくづくあきれはてたみたいに言った。

「うちの犬と猫は、しつけをしなきゃだめね」

ぼくは、娘たちにしつけなんかしたことはない。まるっきりしつけなんかされたことのない娘が、「うちの犬と猫にはしつけをしなきゃ……」となげくのがおかしくて、ぼくは大わらいした。


動物は人間とちがい、やることにウラ、オモテがない、なんて言うが、とんでもない。ニンゲンならば、やはり、あんまりウラ、オモテがあることをやると恥ずかしい気もおきるだろうが、うちの犬や猫には、ぜんぜんそんなことはなく、ちゃんと、相手によって、ウラ、オモテがある。

うちの犬や猫にとって、いちばんこわいのは女房で、それから下の娘、上の娘、最後がぼくという順番になる。

女房や娘がうちにいなくて、ぼくひとりのときなど、犬の態度はコロッとかわる。前にも言ったかもしれないが、たとえば、ぼくが電話をかけたりすると、犬は、ワンワン、やかましく吠えたてる。

下の部屋の電話のあるところは窓ぎわで、犬はこの窓ぎわにきて、やかましく吠えるのだ。ぼくが電話をかけるのが、犬は気にいらない。

犬は、ぼくのことを、はっきり犬だとおもっている。犬のくせに、人間みたいな真似をして電話なんぞかけるな、と犬はおこってるのだ。

猫が、ぼくが本を読むのをじゃまするのも、人間みたいな真似をして、本なんか読むな、とおこってるのかもしれない。

そのほか、犬も猫も、ぼくひとりや、ぼくと上の娘がいるときは、部屋をでていく、またはいる、またでていく、またはいる、とこちらはドアボーイにいそがしい。

夜、ぼくが酒をのんでるときでも、犬がそばにきて、のびあがり、足をぼくの肩にかけて、「よう、なにかよこせ」と爪でひっかく。

猫もミャーオ、ミャーオ、うるさくってしようがない。猫は、ぼくが書いてる原稿用紙の上にのっかって、原稿を書くじゃまもする。

うちの犬と猫とはなかがいいというより、犬が猫にくっついてまわってる。猫のほうが歳がおおく、子犬のとき、猫におしつけたので、犬は猫のことを母親だとおもってるみたいだ。

しかし、よその猫は、犬はきらいで、だから、うちの猫のところに雄猫がやってきたりすると、犬はもうヒステリー状態になり、庭じゅう、いや、家のなかまではしりぬけ、ほかの猫のことを気にする。

ただ、ほかの猫に吠えかかって、追っぱらうというのではなく、ただ、うろうろと心配してるのだ。

よその犬がうちの前の通りをとおったりすると、犬は吠えるけれども、猫に吠えるということはない。

猫は母親の同族であり、うろうろ心配し、気にはかかっても、吠えたりはしてはいけないものだ、とおもっているのか。

とにかく、うちの犬と猫の悪口を言ってるとキリがない。しかし、犬や猫のはなしをするようになっちゃや、男もおしまいだねえ、とHさんに言われた。

オンナのはなしがでなくて、猫や犬のはなしでは、ほんとに、男としては、もうおしまいだろう。

おまけに、もともと、ぼくは男と女のはなしはうまくない。ぼくはスケベなオジン（オジイ）でエロ小説ばかり書いてるようにおもわれてるが、エロ小説も、けっしてじょうずではなく、たいへんへたなほうだろう。

ただ、ぼくが、バカみたいにストリップ劇場の舞台にでたり……これだって、ぼくは役者ではないし、見られたものではない……するので、ぼくをエロの大家みたいに、世間でも買いかぶってくださるのだが、男と女のことは、前から、まったくダメなのだ。また、ぼくには、女を書こうとか、自分はダメなりに、男女のあいだのことを研究して書こうという気もない。

せいぜい、こうして、自分のうちの犬や猫、そして、女房や娘たちのわる口を書いてるぐらいが似合ってる。今夜は、版画家のダン・ビリングスと新宿であって、飲む。三日前、新宿で飲んだとき、あるバーで、となりにいた若い女に、不意に腕にかみつかれた。ジョーズの歯型みたいなのが、はっきりのこってる強いかみかたで、びっくりしたが、その女とどうかなったわけでもなく、ただの噛まれゾンだった。

類人猿

幸田文

シートンの「動物記」を愛読した人は多いとおもう。あの本はまことに不思議な力をもつ本である。読みだすとたちまち、机の前も障子も火鉢もどこかへなくなって、身のまわりには平原を渓谷を岩山を感じる。自分は兎ではないけれど兎と同じに耳のうらに春日のぬくもりを感じるのだし、鹿とともに追われて懸命な疾走をするのである。狼が月の谷を越えれば、こちらも月に対《むか》って吠えたくなるし、熊が木の実をたべれば、私にもほっとする食後感があるのだから、不思議な力をもつのである。そして読み終ったとき、机の前に座蒲団を敷いている自分のすぐそこに、実に鹿がい、兎がい、それらを心底《しんそこ》かわいくなっているのである。シートンもえらいけれど、もともと動物もそういう力をもっているのだとおもう。

私はこの本が好きなので、戦後にも読んだが、若いとき読んだのと年をとって読むのとは、おのずから感じるところがちがった。若いときは、鹿なり兎なりがあわれにも勇ましく、身にふりかかる困難をしのいで行くその事柄に感動したが、老いては物語の筋に感動するよりも、動物の姿態に感動が起きる。追われる鹿は根《こん》かぎり精かぎり跳躍するが、何メートルも跳ぶその肢《あし》のほそさ、その腰の筋肉のしまりかた。みごとである。そして敵を逃れた鹿は安堵してゆっくりと、清澄な空気のなかに頸《くび》をのべている。襲われた恐ろしさは、危険を脱して今もまだ心に影をおとしていよう。短い毛の密生した頸に午後の陽がさしている。私は鹿といっしょにほっとしないわけには行かないのである。兎がいる、大きな逞《たくま》しい兎である。飽かず新鮮な草をたべて、もくもく口を動かしているが、彼の耳は片方がぎざぎざに形が崩れている。子供のときおかあさん兎のそばを離れたすきに襲われて、母はそのために闘って死に、彼は耳を食いちぎられたのである。だが、彼は賢く強く大きく成長した。彼は人のしかけたわなにかかることがない。人は彼に「ぎざ耳坊主」という名をつけた。私は、彼がそのぎざぎざになった片耳を立てたりねかしたりしながら、決して迂闊《うかつ》に流れることなく、しかし楽しんで若草に口髯《ひげ》を動かしている恰好を思うと、草原の深沈とした寂寞《せきばく》を身に感じて、彼をいとおしく思わないわけには行かないのである。シートンのなかの動物は、けわしい峰から広い野原から野生のままで、都会の人間である私の、貧しい茶の間へ来てくれるのである。それは私には一語でいいつくせることである。かわいくおもう——という一語である。

シートンのみならず、動物に愛をもって書いた、優れた文章はいくつもある。画にも写真にもある。鳥の生態を克明にレンズに収めつづけている写真家もいるし、鼠ばかり撮影して一冊に纏《まと》めた人もいる。動物園という特殊な一区劃《くかく》の動物たちを、みごとに紹介した映画を作った人もいるし、猫を愛してだんだん専門家のように詳しい知識を得てしまった人もいる。そういう作品や談話がかならず持っているものは愛情である。愛情には品格高き愛情もあれば広く浅いという愛情もあり、私にあるのは多く身勝手と呼ばれる愛情ではないかと恐れるのであるが、とにもかくにも私は動物と親しくしたい。

チャップリンの映画に、つぎつぎと女を殺して行く男を描いたのがあるが、この男は平然と、リズミカルにさえ殺人をするくせに、毛虫だか蟻だかを踏みつけようとして大仰に、おおあぶない！　とわきへのけてやるのである。このシーンを見せられたとき、私はぎくりとして、映画の闇のなかで狼狽した。これは殺人者である彼と殺される人々の生命と、殺人者に生命をかばわれた小動物との関係だが、分量に多少の差こそあれ、私の動物に対する愛情には身勝手という点にかけては相当なわがままがあって恥かしい。三、四年以前だが、箱根で雨の日にドライヴをした。もう夕がたに近く、降ったりやんだりの山径には、人っ子一人いなくて、静かというよりむしろ寂しかった。濡れているその道のまんなかに兎がちょこんとすわっていた。はじめからいたのか、どこかからそのとき出て来たのかわからないのだが、おや？　と思ったらそれが兎だった。なにしろこちらは自動車なので、あれあれというちに兎に迫ってしまい、兎はそこへ迫られてしまってから一散に先へ立って走りだした。うしろから見るとかわいいお尻がやたらと走っている。うしろ肢が機械のように規則正しくぴょんぴょんする。耳をうしろへねかして跳びに跳ぶのだが、運転手はにやにやと、スピードを加減してあとをつけている。一と跳び横へ跳んで道をよけさえすれば、自動車の追跡からまぬかれるのに、まっすぐに先へ立って走るから、行けども行けども追いかけてくれるのである。道がややカーヴするところへ来て、兎は曲らずまっすぐに駈けて叢《くさむら》へ跳び入り、自動車は道について曲ったから、それで追いかけっこは終りとなったが、行きすぎる窓にちらりと、しかしはっきり見れば、兎は道から一尺ほど入った草のなかに、大きく明けた眼をこちらへ向けて、せかせかと呼吸していた。追われている恐怖、逃げている必死さ、逃れたがそこで動けなくなっているいじらしさ、――だがそこには追う興味、逃がしつつ見ているかわいらしさ、逃がしてしまった残り惜しさがあったことも確かだ。

かわいく思うこととは酷《むご》いということと、じつに紙の裏表である。愛《めぐ》し乙女などというめぐしということばは、かなしい、いたましい、くるしい、せつないなどという一連のことばと通じているのである。めぐしはむごしだというのだ。先日ヘミングウエーの「老人と海」という映画があったが、あれもめぐしはむごしで、むごしはめぐしであることが描かれていた。世のさまざまなものがそれを裏がきすると思うが、動物はより切実にそれを人に教えるのである。私は動物が好きでかわいがっているつもりだが、動物は私に愛情と酷さを教えるのである。動物園へ行こう。

動物園へ行ったとて、動物たちはおいそれと、自分たちの何から何までを披露してくれるわけのものではない。二、三時間の観覧者には二、三時間を見せているだけで、しかも語ることばをもたないのである。めいめいに四季をもち、過去の経歴をもっているが、それは風来人である私には窺《うかが》い知る由もなくて、長年ここの動物たちと風雪をともにしてきた飼育担当の諸兄を、どうしてもわずらわさなくてはならなかったのである。それは幸いに好意をもって受入れられた。私は動物園の裏門から入る。

動物園の門を入って第一に私の前に現われた動物を、みなさんはいったい何だと思うだろう。おそらく意外だと思う。私にも意外だった。それは猫だった。ふとって大きいきじ虎の猫だった。観覧用ではない。檻《おり》にも鉄網《かなあみ》にも入れてない、ただのにゃごだった。事務所の雑具の上に寝そべっていたのが、あたかも客を迎えるようにして起きだして来、私たちが見学に歩きだすと木の下まで送って出、なお行ってふり返えると、こちらをなつこく見送ってすわっていた。園にはこぼれ餌があるので、宿なし猫や浮浪犬のいつくことはめずらしくないというが、事務所に放されている一匹のこの鎖なき猫の愛敬は、動物園―檻―つなぐ―かわいそう、という観念を変えて、動物園―檻―つなぐ―でもこれは愛情をもってなされている、というように思わせた。早くもじわりと、動物の力が私に浸みてきた感じであったし、園の人の動物への愛も語られずして諒解したのである。

なんといってもいちばん先に指を折るのは猿である。象や麒麟《きりん》も愛されるが、お象お麒麟とはいわない。お猿さんというおの字もさんづけも、人が彼にもつ親しみの深度を示すものだ。猿のなかではやはりゴリラ、チンパンジー、オランウータンの三つである。新築のアパート式高級住宅に彼等は住んでいる。昼間、運動・遊戯・散策・思考するためには庭園が設けられているし、夜間や雨の日のためには暖房設備つきの清潔な寝室をもっているし、庭園と寝室をつなぐ専用の通路をもっている。

飼育係長さんを先頭に私たちが行くと、午後の陽はやや斜《なな》めで、庭の中央に立てられた丈高き運動用ポールのてっぺんに、オラン君はのぼっていて、ちゃんとこちらを観察していた。「おや？　係長さんが来たぞ。係長のうしろについて来るのは？　ああ、例の特別参観人という厄介人種だろう。あれは実にしつこく眺めるのが好きな人種だからいやになるね、迷惑だよ」というように私には見える。「そこまでは思うかどうか。でも、あなたがわれわれのつれの人であることは承知しているかもしれない。まあ私どもは、――晩飯にはまだちと早いがな？　と思ってるんじゃないかと思いますね。」

まことに賢げなその姿である。小手をかざして眺めているのである。こちらが近づくまでに、もうとっくりと私を見つくしてしまったのだろう。私の視力のあやしい眼が、やっと近くへ行ってあちらを見あげれば、そ知らぬ顔で眼を合わさず、長い指を眉にかざしつづけて、何が見えるのか、遠い空間を凝視している。私等を注意しているのだ。知って知らないふりをしているのだ。なんともいえずよく似ている。誰に似ている？　人間に、というより私と似ている。いえ、もっとはっきりいえば、あっちのほうがはるかにうまい。私の知らんふりはこうまざまざと強くは行かない。すぐ崩れて出る弱い知らんふりしか私にはできない。いつまで見ていてもオラン君は小手をかざして、瞑想的な遠い凝視をしている。もしかしたら知らんふりなどは私の邪推で、彼にはほんとに空のかなたが見えているのではないか、人間の眼には見えないもののが見えているのではないか、とさえ思って、こちらも眼をちょっと遠くしたら、とたんにその高い処からオラン君はしゅるしゅるふわんと逆落し的に滑りおりて、「ははは、驚いたかね。それはどうも、失礼おゆるしを」という表情である。空のかなたどころじゃない。おそらく彼には私の低能がまる見えになっていたにちがいない。しかし低能ながら私も思う、これが人間の「虚」というものであろうと。虚をつかれるというのは、人と動物との交渉において大切なことで、よしんば猿の虚を私は知ることができなくても、自分の虚に気をつけなくては、今後、動物と上手につきあうことはできなかろう。鎖なき一匹の猫を見てたちまち甘くなる感傷があっては、またたちまちオラン君にしゅるしゅるふわんと、肝をひやされるわけになるらしい。

ゴリラ、チンパ、オランと柵のこちらから三つを眺めくらべると、オランはおぽんぽんがぽこんと張り出していてかわいい。ゴリラは脊骨《せっこつ》の両側の筋肉が隆々としていて、顔も手も黒いという印象が深い。オランはあの手の関節は蛇腹《じゃばら》に畳まれていて、都合によってぐっと長く伸びるのではないかとおもう。三つとも昔からの冗談に、からだの毛三本が多いか少いかで人との相違をいわれている毛物《けもの》である。類人猿舎の前に立てば誰でも、毛というものについて考えないわけには行くまい。ヒマラヤに棲む雪男とか噂されるあれも、全身毛をもって覆《おお》われていると推測されているが、私にももし着物がいらないほどからだじゅうに毛が生えているとしたら、どんなだろうと想像する。人間はなんと毛に弱いのだろう。全身はおろか、腋下《えきか》一叢《いっそう》の小群落をもって迫られたので、谷洋子*1さんにみんなは圧倒されたのである。だが、毛のあるものたちはまた人間どもの毛のなさに、どれほど隔りを感じているかわからないのである。毛のないつるんとした皮膚も、思いようによってはおぞましい。私たちも禿《はげ》に反応をもつし、例になるかならぬかあやしいが、私のうちの猫は禿頭の人を見るとふうっと毛を立てて逃げる。芝居に出て来る怪しいもの、たとえば蜘蛛の精だとか鬼女だとかは、頭部から背・腰・脚をつづいて、なおひきずるほどの深い毛を被《かぶ》ったこしらえである。それは芝居をはじめて見る人ならずとも、不思議ないでたちであるとおもう。人のかたちに金襴ぴかぴかの衣裳をつけ、顔に異様な隈《くま》を入れ、厚い毛をしょって、華やかな照明のなかに出て来られては、なにか自分の背中も意識してしまうのである。類人猿の二の腕の内側などを見ていると、やはりどうしても昔の人が、「猿の類と人との間には毛の問題がある」として三本うんぬんといいだしたのは無理もないと思う。あれをいいだした人は、きっと猿をよほどよく見た結果だろうと、私はいまさら同感するのである。類人猿はほかの猿より毛が少いのである。

動物園では、類人猿の係をゴリチンがかりというそうだ。ゴリラ、チンパンジーを略してゴリチンである。ユーモラスな呼びかただ。そういうユーモアは期せずして飼育者と動物との間に生れるものらしい。よき交際には健康で明るい笑いがつきもののはずである。動物園のお客さまには動物が主役である。主役が見えるばかりで、飼育係の顔など見えはしない。それでいいのだし、自分の顔もたまには見てもらいたいなどという飼育係は、一人もいないのだけれど、私はそこのところが大切なところだと思う。私たちは直接にゴリチンと交際はできないのである。人と動物との間に交された、ユーモアと哀しみと怒りと恐怖とを経験してきた交際を聴かせてもらいたいのである。「たしかにあんたゴリラに恰好が似てきたね。歩く後ろ姿なんかにゴリラの特長はっきりしているものなあ」といわれて、「そうかなあ。自分じゃ気もつかないけど、長年つきあっていつも見ているんだからなあ、似るのもうそじゃあるまい」という素直さなのである。大概の人なら、「ばかにするない！　なんでおれがゴリ公なんだ、ふざけやがって！」とどなるところを、さもあらんと思って肯定しているのである。

私は話を聴こうとして、ゴリチンのお邸《やしき》に参上するように行きかけて、気がついてお客さんたちの顔をもう一度注意した。心を奪われて、少し笑ったなりに見惚《みと》れている人、わあ？　と何か思い考えつつ見ているらしい人、なんとか一つからかってみたいもんだという悪ふざけのしたそうな人、等々であった。

飼育の人は謙遜である。謙遜というか控えめというか、とにかく動物について語るときなかなか用心ぶかいのだ。何々であるとは容易にいわない。「と思うけれど——」という。「ことばは通じないし生活も同じではないし、大概こんなところじゃあるまいかと想像する程度しかわからないんですよ」という。責任を逃げているのではなくて、現在の階梯《かいてい》*2では推察の域にとどまっているのだというのである。だから「と思う」という曖昧は、じつは正直率直な言い分なのである。それにひきかえて自分の経験については、こうだったという言いかたをする。「でしょう」とか「と思う」とか「らしい」とかいうことばが会話にかなりたくさん使われ、断定語はほとんど経験による事柄だけに使われている。つまりこの点では、ことばはかなり神経こまかく、正しく使用されているのだ。

この態度は誰かに似ているという気がした。それは学問をする人たちに似ていた。何の学問によらず何かを究めて行こうとする人たちは、「である」と「と思う」をはっきり気をつけて使う習慣がある。飼育の人は学問をするために飼育を担当する気になったのではないだろうが、熱心に飼育をしていることで自然と、「である」と「と思う」とに厳しい区別をつけて話すことになったのだろうか。私は飼育係を「である」で話す人ときめてかかっていたので、たしなめられる思いがある。人間は動物に「である」ずくめで対《こた》えるほど、よく承知しているつもりなら不謙遜である。飼育係の「と思う」は学問する人の態度をもって語られている。

類人猿舎に入る。すぐ、ちょっと奇妙なにおいがあることに気づく。ほそい通路、――これがチンパたちの運動場と寝部屋をくぎっているのだが、通路の頭の上には透《す》かし檻の連続みたいなものがある。「チンパたちの専用の通路」だそうだ。移動させるときには、その檻を切り放せば都合がいいようにできている。

頭の上のその檻から声が降ってきた。チンパが一頭、何かの都合で寝部屋にも運動場にも出さず置かれていたので、飼育係を見て啼《な》いたのだ。なんともいえない哀切な声で驚いた。理解しがたいものにぶつかると、こちらは理解したさにあらんかぎりの智慧をふりしぼって、ああかこうかと考えるものである。チンパの声はあまりにも意味深長で、しかも感動的に打ってきたので、私は試験のときのように目まぐるしくあれこれと思った。ところが困ったのは、こちらの思うどの思いにもあてはまる声で、つまり万能の声だ。哀しい？　そうと取れる。嬉しい？そうだ。空腹？　そうだ。寂しい？　ああ寂しいんだよ、――これじゃかなわない。まるきりわからないのと同じだ。なるほど、「と思う」である。それでこちらも気が沈んで、二た心なくチンパの啼くゆえんを考えていると、ぴっぴっと何か飛んできた。驚くなかれ、つばきを吐きかけられたのだ。

係の人は大はにかみだ。自分の息子が失礼をやったみたいに恐縮し、かつあわてて彼を庇《かば》っていう。「どうも行儀がわるくてお恥かしい。でもね、あればかり責めないでやってください。はじめはあんなことしなかったんです。反映なんです……どうもいいにくいんですが、こうなるとあれのためにもいってやりたいんでして。お客様からああされたんで覚えたんです。つばき吐きかける人がいるんです。」「へえ！」

私はチンパにつばきされたのだが、それは同胞から頂戴したつばき同然で、はなはだ心たいらかでない。

と、どうだろう。こんどはぽとぽと、じゃびじゃびだ。にわか雨のおしっこだ。おしっこというものは、なんという愛敬があるものだろう。一同ははは、へへへと笑った。笑う私たちをチンパは愁いある眼で見おろしている。同行のMさんはさっきのつばきに辟易《へきえき》して、通路の壁面へ身をすさらせていたが、おしっこで笑って何気なくふりむいて、ぎょっとした。ゴリラの顔と手がそこにあった。そこはゴリラ運動場で小窓が切ってあったのだ。チンパのおしっこを人が笑えば、笑っている後ろからゴリ公にまじまじと観察されている。M氏の後頭部は、ゴリラがもし髪の毛を摑む気なら摑める近さにあったのだ。武器を持たない一対一ではとてもかなわないことが身にしみた。動物園は人間の弱さみたいなものを十分に思わせる場所である。

間もなく給食時間になった。動物園の台所へ行く。台所は裏門際の事務所に付属して、類人猿舎とは別棟だ。君子は庖厨《ほうちゅう》*3に遠く住んでいるといったものだ。食事はいうまでもなく、いろんな点から考慮されているのだろうが、なかなか高級である。スープにコッペ、肉、野菜数種、果物いろいろ。スープは大ポタージュである。火を通した牛乳が台になっていて、卵黄・栄養剤・果汁・穀粉とおぼえきれないほどを合わせてどろりとできあがる。どんな味か舐めてみたいような気がする。洗ったり剝《む》いたり切ったりを男の人が迅速に器用にやってのける。こんなところにも経験の長さの結果が見えている。バナナ・葡萄・林檎・セロリ・小松菜など彩《いろどり》美しく、大ボールいっぱいを運ぶ。

猿たちは時間も知っているし、物音も鋭く捉えているから、通路のしきりをあけてやると、食事と知ってさっさと寝部屋へ入る。だが、見ているとその天井通路を通るとき、やはり手をついて四つ足で歩いて来るのが、いかにもわれわれと距離がある。寝部屋はガラス張り・コンクリート・蛍光燈、清潔だ。食事を待つ表情、少しはしゃいでいる。係が哺乳壜《びん》にスープを入れて持って来る。ゴリラは長い手をのばして纏《まつ》わる。係は壁を背にして床《ゆか》にあぐらをかく。彼は右手を係の頸へ巻きつけ、あぐらの上へ乗る。左手はあわれにやわらかく、係のシャツ釦《ぼたん》などをもてあそぶ。壜は係が支えていてやる。あの大きな口を一文字にしておっぱい壜啣《くわ》え、ごくりごくりと、天井を見たり係の顔を見たり、ときにはわざわざ自分の手を眺めたり、あっちを見こっちを見飲むのである。おのずから人間の赤ん坊を想わせられる。ただし赤ん坊どころか、凄い背中で凄い腕である。あれにぎゅっと力を入れられたら恐ろしい。

飲んでしまっても係をかえしたがらない。まとっていて離れない。遊び対手《あいて》になってもらいたいのだ。一日じゅう大勢のお客さんを前にしていても、彼にはそれらがただ過ぎ行く人なのであって、暫時の対面でしかなく、縁の薄さをよく承知しているのだ。係のほうは彼の長年交際してきた友人である。食後もいっしょにいてもらいたい気もちは当然だろう。異郷に、好ましくない生活をして生きている彼である。観衆やコンクリートや新鮮ならざる果物などに、やむなく堪えている彼である。係に取縋《すが》って放すまいとする、そのまっ黒な長い手はかなしい。心得て係は遊んでやる。しかし遊びも、しょせんはゴリラという高等にして凄まじい動物である。まだこのおすは四歳とか聞くが、見ていてだんだんにこわくなる。えらい纏《まと》わりようである。四本の手足がみな同じく利《き》く。係に二本の手しかない感じで、差引二本の不足がいやにはっきりしている。それに力の相違である。多分彼は加減してやっているとおもう。係を傷《いた》めて、感情？を損じることはいけない、と知っているにちがいない。だが、しつこい。突き放されてはごろんところび、ころんだまま噛《かじ》りつく。これでは飼育係はゴリラ対手に連続相撲をしているようなもので、えらい体力消耗だ。「からだは丈夫でないとだめですね」といっていたのが思いだされた。

猿も人の眼を見つめるし、人も猿の眼を読みつつ、はらはらするような遊びに応じてやって、係は室《へや》を出る。ゴリラはぶらんと手をさげ、しまったドアを見あげている。満足と残り惜しさが後ろ姿に出ていた。それから彼は、ひとりになった弾《はず》みで大いにあばれ遊んだ。もんどりうつ、ひっくりかえる、搔きあがる、胸をたたく。ありとあらゆる腹ごなし的運動をやった。

ゴリラのお隣のオランを覗《のぞ》く。彼ももう食事はなかば以上を済ませて、葡萄の房を翳《かざ》して、一と粒ずつよく見て吟味していた。比較的おとなしくたべているので、またゴリラへ戻ると、もう大のほうの排泄がしてあった。間もなく係が来て、雑巾でそれを拭った。名将は城攻のとき、兵のそれに注意して戦力の度を知るとか聞いたが、動物園では排泄物は重要な資料のようだ。これあるがためにずいぶん動物の健康保持には参考になる。うんちは臭いのみではない。

「ああしてふざけだすと、こわくありませんか。」「こわいなんて気が起きたときは、そばへ寄らないようにしてます。人の気もちを敏感に悟りますからね。動物には絶対に平安と緊張がいります。すぐあれらは反応してきます。」

ある飼育のベテランがいて、その人はよくゴリラたちのところへ来て、指を一本出す。相当馴れた飼育係でもそんなことは恐ろしくてできない芸当だ。けれどもその人にかかると、さしもの大猿たちもいつも大親密で、その一本指をそっと啣え、甘嚙みなどまでする。大尊敬なのだ。あるときこのベテランは、何かまったく他のことで不機嫌になって、むしゃくしゃしていた。そういうとき誰でも気を晴らそうとするものだ。気晴らしは気に入るものに頼ろうとするのが人情で、お膝もとには人間以上にわかるいい奴がたくさんいる。ぶらり園内を一と巡りのつもりが、いちばん最初に当ったのが大猿たちのところだった。檻へ指を入れた。あっ！　ともいえず万事休した。爪から先はなくなってしまったのだ。ぱくんだった。大急ぎの手当が施されたが、指のさきは永久に失われた。恐ろしい話だが恐れのあまり大きな猿を憎んではいけない、というのだ。人間同士で生じた鬱憤《うつぷん》を胸に抱いて動物に対したのだ。人は動物をおこっているのではない。むしろ動物に慰めを求める親しい心があった。だが、動物が直接に見るものは、その人の立腹の感情であったのだろう、という。誰への立腹か彼等の関知するところでない、当然だ。立腹を持った人が突然そこへ立てば、彼等は咄嗟《とつさ》に、それは自分への立腹とうけとる。戦《おのの》きやすい彼等は急に目前に立腹を見せられて、いつものおなじみなんか吹き飛んでしまう。夢中でぱくんと歯が嚙みあってしまうんだろう。悪意ではなく恐怖であり、攻撃というより防禦《ぼうぎよ》だと思う、という。

ためらったのち訊く。「そのなくしものは残っておりましたか。」「いや、なかったようで。……だが誰も確かな証拠を挙げたものはないのです。」

私は暴露のためや、単におもしろがりで書いているのではない。動物はまったく人とは異種のものであり、理解の届かないふしがたくさんあって、馴れもするし察しもつくが、いつもかならず不用意で相対《あいたい》してはいけない、ということがいいたいのだ。ベテランにしてこういうことがあるのだ。飼育係は学問のために飼育しているのではないけれど、飼育を手がけているうちに、学問を志す人と同じような態度も出てくるのに不思議はないのである。

これは、歩きつきまでがゴリラに似てきたといわれて、そうかなと頷《うなず》いているほど、ゴリラを手がけ馴れてきた人の話である。ある日、閉園間近であった。まばらだがお客さんの姿はまだあちこちしていた。各飼育係は夕がたで用が多く忙しく働いていた。「ビルが逃げた！」と伝えられた。ビルとはゴリラの名である。そこいらにいる飼育係たちもぽかんとしている。信じられないのだ。新しいコンクリートの小屋ができて、ゴリチンたちはそちらへ移ったばかり、厳重で頑丈な新居なのだ。

もっとも変んな気がしたのはその人である。自分の手でいまビルの檻の錠をさして来たばかりなのだ。「ビルが歩いている！」「お客さまのなかを旧類人猿舎のほうへ歩いてる！」と報告は矢つぎ早だ。もはやぽかんではない。急ぐ。

ビルはほんとに歩いていた、お客様のなかを！　だが、幸いなことにお客様は騒がないでいてくれた。お猿電車などで檻の外にいる猿を見なれているので、「散歩に出してある」と錯覚したのだ。勝手に出て来てしまったゴリラだと知ったら仰天だったろう。一大事は錯覚から生じた冷静で助かったのだ。知らぬが仏はお客さまだけで、知っている係たちは戦慄《せんりつ》である。その人は夢中だった。――「でも、一と眼でビルの後ろ姿は淋しそうだと見えました。こっちも興奮してましたけど、かわいそうだ！　という気がしましたね。」

どうした弾みかで檻から出て、外へ歩きだしたものの、知った顔はなし、頼りなくてつまらなく、うろうろしてしまったのだろうという。私はここまで聴いたとき、檻に長く飼われた動物の、外へ出てみたもののその行きどころなさを思いやって、そのあまりの淋しさに涙が出そうになった。

その人は「ビル！」と呼んだ。ビルはふりかえって、懐かしい人を見つけた。おそらくまっ黒けな手や顔でふりかえったのだろうけれど。……特有な声で、呼吸を刻んで喜び、その人へ手をつないで、何かいいかけるかのように顔をふりむけふりむけ、O字形の二本足で歩いて住いへ無事に帰ったのである。

「あのとき園のほうじゃ、万一あばれだしたら、もうしようがないから撃っちまおうというんで、鉄砲を持ちだしていたんです。他の動物とちがってあれはどんなところでも登って越しちまいますからね。処置なしの状態になるんです。園としては動物中でも大切な動物であるビルを撃つというのは一大事なんですが、お客様に危険なときにそんなことといっていられません。ほんとにあの時はかわいかったなあ！　なんともいえない素直さで、手をつないで来たっけ。もしあばれられたらそれこそ大変だ。」

それはどっちにとっても死闘だったかもしれないのである。お客がきゃあと叫び、あるいは彼が銃口を見つけたら、あるいはその人がまず立腹したり恐怖したりしていたら、ビルは死闘を辞さなかったろう。長年の飼育のなじみが花になって咲いたような話である。人と動物の間には理解しがたいいろいろもあるが、飼育係は動物の身になって考えてやれる人たちなのだ。そのゆえに、ビルの淋しさはずばりとわかってもらえたのである。

註
＊1 ［谷洋子］（一九二八～九九）女優。映画「女囚と共に」のマリー役で話題になった。
＊2 ［階梯］段階。
＊3 ［庖厨］台所。

庭にくる鳥

朝永振一郎

庭に作った鳥のえさ台に冬は毎日りんごを半分おくことにした。そうすると、ひよどりやむくどり、おながなどがそれを食べにやって来る。半分のりんごはだいたい一日でたべつくされるが、その代り彼らは台の上や下にふんを残していく。

そのふんの中には、丸いのや長いのや大きいのや小さいのや、何か植物の種子が入っている。それでそれを集めて保存し、四月ごろに鉢にまく。そうすると入梅のころからいろいろなものの芽が出てくる。

ふた葉のときは何の芽かわからないが、本葉が出るとおよその見当がつく。そして秋ごろまで待つと、もうはっきり何であるかがわかる。そのようにして、いままでに生えたものの名をならべると次のようなものがある。

ツタ。アオキ。ネズミモチ。イヌツゲ。ビナンカヅラ。ナツメ。オモト。シュロ。ツルバラ。どれもこの辺のあちこちに見られる植物である。ツタとアオキが圧倒的に多いのは、この二つがうちの庭にあって、冬たくさんの実をつけるからだろう。このはなしをある人にしたら、タヒチ島やヒマラヤにしか生えない植物でもでてきたらおもしろいのだがなあ、といわれた。

冬から春にかけて来る鳥は、ひよどり、むくどり、おながのほかに、しじゅうがら、あおじ、かわらひわ、ひたき、うぐいす、めじろなどがある。その中でおなが、しじゅうがら、そしてむくどりは一年じゅう来る。ひよどりは夏に山へ帰るという話だが、何羽かは残っているらしい。春から夏秋にかけてはきじばとが毎日のように来る。五月ごろしじゅうがらは十数羽の集団でチーチー鳴きながらやってきて、庭木の虫をとってくれる。すずめはもちろん一年じゅうやってくる。庭には来ないが、どこか近くにからすが住みついているらしい。

十年とちょっと前ここに越してきたころのことを思い出すと、近くの畑にはひばりが毎年やってきた。そして点のように見えるまで五月のそら高く歌声をまきちらしながら舞い上ってはおりて来、また舞い上ってはおりて来していたものだ。しかし、今はそういう光景を見ることはできない。また三年ほど前までは、こじゅけいのチョットコイがしょっちゅう聞かれ、それどころか、おや鳥が数羽の小さなひなをつれて歩いている姿なども見られた。しかしそれも今ではみられない。ひばりが巣作りした畑にはアパートができ、こじゅけいの住んでいたやぶには一部には家が建ち、一部は児童公園になった。そしてこじゅけいの代りに砂場で遊ばせるために小さな子どもや孫たちをつれてやってくる人間の姿が見られる。

動物がいる風景

燕の母さん

金子みすゞ

ついと出ちゃ
くるつとまはつて
すぐもどる。

つういと
すこうし行つちゃ
また戻る。

つういつういつういつうい、

横町《よこちょ》へ行つて
またもどる。

出てみても、
出てみても、
気にかかる、

おるすの
赤ちやん
気にかかる。

馬の生首が頭蓋骨に変わるまで

合田佐和子

去年の夏から冬にかけて、骸骨にこってしまった。本屋をかけ廻って医学書をあさり、人相のいい骸骨さがしに没頭した。特に頭蓋骨は、男・女・子供・老人とそれぞれ全く表情が異なる。手と足の骨はなぜかシャンデリアを連想してしまうように美しい。あばら骨もなかなかである。骨盤は蝶々と王冠だし、大腿骨などは思わずバッテン印にクロスさせて、男の頭蓋骨の下にもっていきたくなって、昔海賊が旗印に使ったのも、なるほどなるほどと、深く首肯けるほど力強いのだ。

骨といえば、部屋のTVの横に大きなガラス瓶があって、馬の頭蓋骨が入っている。一九七〇年のある日、うそみたいだが嵐の吹きすさぶ夕暮れ時に、獣医学校の生徒だった美少女のチカコちゃんが、血だらけのダンボール箱をかついで飛び込んできた。思わず私は後ずさりしたが、中には手術して死んだばかりのまつ毛の長いやさしい顔した女の馬の頭が入っていた。チカコちゃんは早速出刃包丁を買いに走り、お皿の裏でチャカチャカと砥《と》いで「ゴーダさんの好きな骨にしてあげる」といった。骨はいいけど肉や血などは「ゴメン！」の私も、もう後には引けない。お風呂場で二人して解体し始めた。弟が帰ってきてのけぞった。あくる日もまた二人でせっせと励んでいるところに、偶々《たまたま》久里洋二氏が訪ねてきてその場を見てとるや「そのまま！　そのまま！」と叫んで、16ミリカメラを抱えてすっとんで戻り、一部始終を撮影した。後で私たちがお茶づけさらさらかきこんでいる場面まで写し、そこだけ早回ししてまんがのようにしてしまった。

骨についた肉はなかなかはがれず、深ナベを持っている堀内誠一氏宅に借りにいったが、馬の頭じゃダメという。仕方なく石油カンを買って煮た。そして煮ても焼いてもとれないのが上顎の肉だという発見もしたが、次第に怖くなり、とうとうガラスの大瓶を買ってホルマリン漬けにして、NYへ行き八カ月後に帰ってきたら、きれいな骨になっていた、という次第。

現在チカコちゃんはハリウッド近くで獣医を開業して、スター達のペットのめんどうをみているはずだ。

黒い牝牛

串田孫一

あの大きな黒い牛はまだ生きているだろうか。長いあいだ黙って私を慰め、私もまたその鼻面を撫でては慰めてやった、あの老いていつも淋しそうにしていた牝牛は、死にはしないだろうか。

晩い秋に、しめった農家の床下から脚をのばしに出て来た蟋蟀《きりぎりす》が、牛小舎の敷藁で、いきなり甲高い歌をうたいだしても、うるさい蝿が、大きな背中をいい遊び場にしてしまっても、牛は動こうともせずに、だぶだぶの喉頸を籬《ませ》にすりつけて、じっとまどろんでいた。あの牛が死んでしまっても、頸の下にあった横木は、いつまでも鼈甲《べっこう》色になって光っていることだろう。

＊

そのころ私は、この物静かな牛が働いている農家の裏手の森のはずれに、牛小舎よりはいくらか大きいぐらいの小舎を建てて住んでいた。森の中へ少し入ると、いつも綺麗な水が湧いている泉があった。その泉は、傍の苔の生えている岩に腰を下ろして暫くじっと耳を澄ましていると、どういう加減か、小さな鈴を鳴らすような音を立てるのである。あふれて流れ落ちる僅かばかりの水が、自然に積まれたようになっている石のあいだをくぐって行く時に、時たま小さい泡でも出来て、それがはじけるとこんな美しい音色を出すのか、いつまで聞いていても私には分らなかった。

その不可解な美しい音を無闇とききたくなることがあって、雪が降り出すころまでは、その泉の岩に腰をかけたまま、木の間を洩れて来る弱い陽の下で、いつまでも動けなくなっていたこともあった。枯れ枝の先に、ぽちぽちと数えられるほどに残っている木の実をさがしに来る二三羽の小鳥が、私がそうしていることにも気がつかずに、枝から枝へと、何かの続け文字でも書いて行くように渡って行った。そして最後には、いつでも決って、悦びとも悲しみともつかない啼声を残してどこかへ飛び立って行く。小鳥はいつも同じように歌っているものなら、きっと私の方に、悦びとも悲しみともつかない気持があったのだろう。

それから小舎へ戻れば、杉の枯葉がぱちぱちと気持よく燃え上る炉端で、独り、竹の自在から、借りた鉄瓶をはずすのであるが、私はそう滅多に溜息をもらすのでもなかった。

だが、月日がたつにつれて、単調な生活に向い、どこか心の片隅に苛立つものも出来、私もそれに気がつかずにいたわけではなかった。けれども、そんなことに気がついて、それを気にし出したところで、周囲には何一つ慰めてくれるものも見あたる筈がなかった。その頃私がしていたことと言えば、出来るだけ長い時間をかけて、その日その日の、これと言って変化もない暮しのことを、たった一冊しかない帳面に細かく記して置くこと、時たまその部落の少年が持って来てくれる手紙に、浮かない気持を無理に払いのけながら、いつも同じような返事を書くこと、それ以外にすることは何もなくなってしまった。

明るく黄ばんで行く秋の草原に梅鉢草が咲いていた。森の小径には釣船草が咲いていた。私はそれらの花々や、蓬《よもぎ》の病気で紫になった葉まで、一つ一つ、摘みとりはせずに見て廻った。少し離れた河原まで出かけることもあったが、そこの樺太柳《からふとやなぎ》には無数の丸い虫癭《ちゆうえい》が出来ていた。

そういうものにふと心を奪われはしたけれど、何の支えもない私は、ただ眼をつぶりさえすれば、自分のみすぼらしくなり果てて行く姿ばかりがくっきりと映って来て、夢らしいものの影などをもう瞼《まぶた》の裏に楽しく宿すことは出来なくなってしまった。

＊

私はその頃から牛小舎の前に佇むことが好きになった。その牛の飼主は、丸い頭の、丸い鼻の老人で、片眼に雲がかかっていた。老いた農夫はみなそうだが、彼は背中がまがって、仕事着の下にはいつも何かを背負っているようだった。

彼の妻は、後妻だからあたりまえのことだが、十五六も歳がちがい、こんな僻村には珍しく阿娜《あだ》っぽい眼附をしている。それで何やかやと噂が立った。そんな細かな噂がどんな風にして、眼も悪い上に耳も遠い老人に伝えられるのか、農夫は時々、牛に向ってそのための憂さを投げつける。

別に鞭で叩いたり、足蹴にしたりするような乱暴をするわけではなく、腹の空いた牛が、眼の前で露に濡れた茅を秣切《まぐさぎり》で細かにしている農夫の背に鼻面をすり寄せたりすると、彼は、牛も驚くほどの大声で呶鳴りつける。

私はそんなところを二三度見かけたが、おとなしい牛は、一度呶鳴られると、籬のあいだからやっと出した首を、また斜めにまげて引込めてしまう。そして牛は、そこに何が起ったのかをすっかりと呑み込んでいるように、羽目板に大きな体をひっそりとすりつけて、ただ長い涎をたらしながら、飼葉桶が突き出されるのを待っている。

＊

霜が降り出す時分になると、この牛もいそがしくなる。毎日田圃から、杭にかけて乾してある稲を山と車に積んで運ばなければならない。朝早くから、とっぷりと日が暮れるまで、何回でも忠実に、つつましい足どりで歩き続ける。しまいに牛はへとへとになって、もう脚が前に出なくなるが、北国の冬は突然雪を降らせたりするので、秋の野良仕事はやすむ暇がない。

私は牛と一緒に、その、右へ左へと振って歩く首の脇について、街道を歩いた。鉢巻をした幾人もの顔見知りの農夫たちが、牛の手綱を持って、草鞋《わらじ》をはいて歩いている私に、にこやかな挨拶をする。私はそのたびに牛の横顔を見る。牛は表情を変えはしないが、長い睫毛《まつげ》の眼が目ばたきをする。

稲入れも終り、末枯《すが》れて行く秋の、まだ雪の来ない朝々に、私は目をさまして雨の音をきかないと、森の小舎を朝霧の中へ飛び出して、牛を茅場へ牽いて行き、思う存分に草を食べさせた。

草の葉かげから、逃げて行く虫を上目づかいに見送りながら、牛はおとなしく、ゆっくりと草を食べる。さきさきと静かな音を立てて食べる。そうして私も一緒に足をぐっしょりと朝露に濡らして、初冬のおそい太陽が山の端から昇るころに戻って来る。

　胡麻の畑の露が赤や紫に光っていた。

＊

　その年の、まだ夏がやっと近づいて来たころ、田植が済んで、牛は何処へ連れて行かれるとも知らずに、二里ばかりの白い道を、種畜場へ牽かれて行った。

　彼女はもう歳をとり、いつ斃《たお》れるとも限らないので、子を産まなければならなかった。それでも従順に、何をされても荒いことはしなかった。

　それで私がよく朝の散歩を一緒にしたころは、もうその腹の中には、やがて生れ出る生命がかすかに動いていたのだった。牛はそれを少しも気附かぬように、首をたれて私と顔を並べて歩いた。

　山の紅葉が日毎に麓に移り、街道の柏の葉が、からからとせわしく舞い出すと、山は頂から少しずつ白くなって来た。農夫やその家族たちは、長い冬のための焚木を集め、食糧を貯蔵するのに、林の中を歩き廻ったり、小川のほとりに集って、しきりに野菜を洗っていた。

そして冬が訪れた。

毎日根気よく降り続く雪は農家も私の小舎も牛小舎をもどんどん埋めてしまい、殆んど冬眠のような生活が始まった。街道だけがやっと踏みかためられ、そこを風に飛ばされて行くようにして通る人影が、私の小舎の窓からも見えた。私は終日火を焚き、ただそのために生きていた。

牛は雪に埋った小舎の中で、冬の間じっと怺《こら》えていた。脚を行儀よく畳んで、しめっぽくつめたい敷藁の上に、何の不満の色も浮べずにじっとしていた。

私は三日に一度ぐらい、そこの農家まで配達されて来る新聞や郵便を受け取りに、一歩一歩道を作りながら行った。そのたびに、寒々とした牛小舎を覗き、何もかも諦めている牛の顔を暫く撫でては、すっかり冷え込んで戻って来た。

＊

長い冬のあとで、やっと春の兆が、なお早く流れて行く灰色の雲間から、気まぐれに洩れ始めた。雲のかげの大きくうつる純白の雪原を村の子供たちが駈け廻る。雪がしまって子供たちの足跡はつかない。

牛は、たった独りで自分の小舎の中で犢《こうし》を産んだ。何の苦しみを訴えるのでもなく、声も出さずに、ただその両眼を血走らせながら、立派な犢を産んだ。おそくなってからやっと母親になれたこの牝牛は、自分の傍に立ちすくんで、耳を震わせている犢の体を、丹念になめていた。

私は秣を一束手に持ったまま、藁靴の中で足先が凍えて来るのも気がつかずに、その容子に見とれていた。

その後ほどなく、まだ梅も桃も咲き始めぬうちに、私はこの森の小舎をも去らなければならなくなったが、その時には、日増しに牛らしい姿をしっかりと整えて行く犢が、元気よく藁屑を蹴散らしたり、誰が投げ込んだのか、綯《な》いかけの長い縄を玩具にして、横に銜《くわ》えて前脚で引張るような真似をしていた。

老いた牝牛は小舎の隅に寄って、暗く眠っていた。

*

私を慰めてくれたこの牛は恐らくはもう生きてはいないだろう。牝牛は殺されるために犢を産んだのだから。

そしてあの初夏のそよ風の中を種畜場へ連れて行かれた日のように、何も知らずに屠殺場へ牽かれて行ったことだろう。杏の花の散りかかる遠い道を、おとなしい足どりで歩いて行ったことだろう。

鴉男

種村季弘

朝晩六時になると家の前がにぎやかになる。犬を散歩させる人が集まってくるのだ。私の家の前は真鶴半島を境に相模湾と伊豆半島の双方が見渡せて、日の出を拝みながら遠く大島を見はるかす絶好の足場なので、そのせいもあるようだ。

それに数年前、町の水道タンクが家の真前にできた。公園ほどの空間はないが、複雑に折れ曲がった四叉路がいわば無縁の場を形成している。犬の散歩の足休めには都合がいい、というよりそこしか休憩地がない。

朝晩の犬連れの散歩者の世話役または顔役は「犬のおばさん」だ。ラウドスピーカーのような声で世間話をするので、居ながらにしてご近所の消息の情報収集ができる。地付きのミカン農家は昼間の農作業で手一杯なので、犬の散歩のような余分な運動は必要としない。勢い、よそからきた、それも定年退職者が主役になる。話題もそれに応じて、町の病院の掛かりつけの医者の勤務評定など。

鴉男が初見参したのは、さあ二、三カ月ほど前からのことだろうか。犬ではなく鴉を連れている、ちょっと毛色の変わった散歩者だ。やってくるのは夕方だけ。それも六時きっかりに家の前にきて鴉を鳴かせる。そのときだけ放し飼いにして、鳴くだけ鳴かせると呼び返して家路につく。

犬のおばさんと鴉男との間には、目下のところ微妙な政治的均衡が保たれている。それが鴉という一風かわったペットだけに、おのずと愛犬家集団とは距離を置き置かれ、いまのところお互いに距離の取りように迷っているらしい。

そういえば鴉男の鴉も野生の鴉との対応関係に困っている。カアと鳴いても野生の鴉たちはそしらぬ顔で通り過ぎてしまう。人間に餌付けされたやつは仲間じゃないといわんばかりの黙殺ぶりだ。それにすねてか、鴉男の鴉は私の書斎の屋根をどたどた走り回る。小にくらしく肥えて、子豚くらいの体重がある。

一度トイレの窓から鴉男の後姿が見えた。何をしてきた人なのか。おそらく定年を過ぎたポロシャツの背中に、思いなしか、孤独の膜がびっしりと貼りついていた。そのうちいつしか、この人が時計がわりになった。夕方六時きっかりに鴉がカアと鳴く。するとそれまで我慢していた缶ビールの口をペラリと開ける。またカアの一声で最初の一口をぐっと飲《や》る。

もし鳥だつたなら

立原道造

もし鳥だつたなら、ギリシヤの柱のてつぺんで、朝日の歌をうたはう。橄欖《オリーブ》に包まれた神殿に隅まで明るい朝日、そのなかで死ぬまで心をはりつめて。

もし鳥だつたなら、そのとき青空に落ちて行くだらう。言葉にだけたよつてそんな一生の終りにさへ自分は近くゐるのだと、考へられるから。さうして鳥の形した雲になり、またあたらしい歌をうたはう。

もし鳥だつたなら、ああ、日毎に千の歌をかへてうたはう。朝日の歌を。朝日は翼を磨いてゐる、もう僕は後悔の鳥でない。ギリシヤの柱に、きらきらする歌をうたはう。

あざらし

團伊久磨

　沢山《たくさん》沢山色々な物を食べた末に、もう何《ど》うにも、一口も食べられぬ、否《いや》、食べられぬどころでは無い、呼吸《いき》をするのも苦しいし、動く事も儘《まま》ならぬ、もう駄目だと思う事が、僕には三日に一度位あって、家族の者や友人は等しくそんな僕を心配して、沢山上がりたい気持ちも判らないでは無いですが、昔から腹八分目と言われて居ります通り、満腹の一歩か二歩手前で召し上がるのを止められた方が良いのではないですか、などと忠告するのだが、そんな詰まらぬ意見などに従うこちらでは無い。いや、食べて美味《うま》いと思う以上は、倒れて後止む。人生必要なものは気概である。撃ちてし止まん。もう一杯鰻丼《うなぎどんぶり》を持って来い。持って来て呉れ、持って来て下さい、お願いだ、お願いです、食べさせて下さいな、恩に着ますよ、あゝ、有り難う、有り難う、というような事となり、食べ過ぎて、上向きに引っくり返り、呼吸も苦しく、天井を見てじっとしている運命となるのである。
こういう時に、僕は、何を考えるかというと、実は、何も考える事など出来ないでいる。唯、一つだけ、体感する事があって、そんな時に、僕は、自分があざらしになっている気分なのである。

何故か判らない。僕は飽食の末、ごろりと引っくり返って天井を見ている時、そういう時は、約三日に一度位あると僕は先刻書いたが、そういう三日に約一度の時間、僕は、あざらしとなって、極北のどんよりとした曇り空を見ている心地に浸るのである。何故あざらしであるのかは良く判らない。然し、その時僕はあざらしであって、恐らく、ごろりと引っくり返って天井を眺めている己が姿が、腹のあたりが何と無く締まり無く脹《ふく》らんだあざらしの姿を連想させるのであろう。

数年前の秋、ふらりとアラスカの独り旅に出た。アラスカは美しかった。空気が何処までも澄み、南の方はポプラと白樺の黄葉が見はるかす続いていた。大地震のあったアンカレッヂの街、その北のフェアバンクス、且つてのゴールド・ラッシュの夢の跡のノーム。方々を歩いた。

一番北の街に行って見たくなった。小さな飛行機の便を得て、パルカという毛皮を頭から被って、北極圏の小さな町バロー、そしてそのバローの町から二粁《キロ》程北に歩いた海辺の岬、ポイント・バローに行った。番小屋のようなホテルと称する木賃宿が一軒だけあったので其処に泊った。窓の前は、十月だというのに雪の原が続き、雪の上で、毛皮に包まったエスキモーの子供が遊んでいた。宿には食堂は無く、毎食、町の食堂まで雪の上を歩いて通った。

Alaskan King Crab（アラスカたらば蟹）Rein-deer Steak（馴鹿《トナカイ》のステーキ）Seal Steak（あざらしのステーキ）。これらを僕は賞味した。アラスカのたらば蟹はそれ程美味では無かった。乱暴に冷凍してあるからなのである。何しろポイント・バローは北極圏。パーマ・フローストと言って、一年中地面は凍り付いた儘である。どの家にも、地面を四角に掘った穴があって、その中に投げ込んで置けば、何でも冷凍されてしまう。蟹など、何年前のか判りはしない。ところが、そんな乱暴な冷凍などはされない関係で、馴鹿のステーキは驚ろく程美味だった。大きなステーキで、真中に、僕の腕位の丸い骨の切断面が嵌《は》め込んだように入っていて、その骨の輪の中の髄がぷりぷりとして特に美味いのである。その髄を取り出すための小さな匙も付けて呉れて、そのジェリーのような髄も加えて、これは絶品であった。

あざらしは、稍《やや》、魚臭い感じがしないでも無かったが、これも好きであった。食堂の外の板壁には、馴鹿の角や、開いて剝がしたばかりのあざらしの皮が貼ってあったりして、其の上に、ちらちらと粉雪が舞っていた。

例の悪癖が起きて、或る日、昼食に、僕は馴鹿のステーキを食べた上に、あざらしのステーキを二人前食べて動けなくなった。宿への帰り道、僕は、宿の前の雪原に出ると、飽食のためにほてっている身体《からだ》を雪の上に投げ出した。極北の空は鉛色に低く垂れ籠《こ》めていて、まさに、僕は、ごろりと雪原上に身を横たえたあざらしそのものだった。

あざらしを食ったあざらしが此処に居る。

僕は奇怪な幻想に浸っていた。

雪原の向うの殆んど黒い北極海には流氷が流れ、その上には点々と、本当のあざらしも見えているのである。

あざらしの気持ちは本当にこうなのだ。僕はそんな取り止めも無い事を考えながら、随分長い間、雪の上にごろりと横になった儘、北極圏の雪の冷たさを楽しんでいた。

犬

宮澤賢治

なぜ吠えるのだ　二疋とも
吠えてこつちへかけてくる
（夜明けのひのきは心象のそら）
頭を下げることは犬の常套《じやうたう》だ
尾をふることはこわくない
それだのに
なぜさう本気に吠えるのだ
その薄明《はくめい》の二疋の犬
一ぴきは灰色錫

一ぴきの尾は茶の草穂
うしろへまはつてうなつてゐる
わたくしの歩きかたは不正でない
それは犬の中の狼のキメラがこわいのと
もひとつはさしつかえないため
犬は薄明に溶解する
うなりの尖端にはエレキもある
いつもあるくのになぜ吠えるのだ
ちやんと顔を見せてやれ
ちやんと顔を見せてやれと
誰かとならんであるきながら
犬が吠えたときに云ひたい
帽子があんまり大きくて
おまけに下を向いてあるいてきたので
吠え出したのだ

鴉

伊谷純一郎

私は昨今も、毎日のように下鴨界隈の鳥を見て歩いており、ハシボソガラスとハシブトガラスが記録に名をとどめぬ日はまずない。だが、いずれもが見れば見るほど不思議な鳥であり、この両者についての謎はつきない。二種ともに同じコルヴス属の一員であり、同所的《シムパトリック》な種なのであるが、それぞれの習性の違いのほかに、その共存そのことが私の関心事の一つなのである。

ハシボソの声はしわがれており、ハシブトの声は澄んでいる。ともに黒色の鳥影にも、違いがある。ハシブトは大柄であり、ハシボソの体はより引き締まっている。飛翔は、ハシブトの方にややアンバランスを感ずる。近づけば、太い嘴《くちばし》と、嘴のつけ根から丸く盛りあがって見える額をもつのがハシブトであり、鋭い細身の嘴とそれに沿うような額の線をもつのがハシボソである。また週二回のごみ回収の日に、早朝から鳴き立てるのはハシブトであり、庭の木立ちの中を直線的に横切って屋根の上にとまったりするのはハシボソである。

町のまん中で見かけるのは、ハシブトであることの方が多いが、鴨川からそれほど遠くない範囲はハシボソの勢力圏のように見える。河原におりているのは、十中八、九ハシボソなのである。都市近郊の田畑にすみついているのも、ハシボソである。ところがどうしたことか、人家の全くない山奥で見かけるのはハシブトなのである。

かつて洛北岩倉に住んでいた頃に、十年間にわたって、日本にいるかぎりは毎朝鳥の記録をとって近所の田畑を歩きまわった。いまでは、岩倉盆地の大半は住宅地と化してしまったが、その頃には京福電車の岩倉駅とその西の木野駅との間には人家はなく、京都のアウトスカートとしての田園地帯の一部をなしていた。そこで、私が毎日見ていたのはハシボソだった。このパラダイスが住宅地と化す直前に岩倉から下鴨に移ったのだが、私の記録のなかではそのほんの数年前に、ハシブトが初めて姿を現わしている。二つの種は、もちろんもっとずっと前からお互いの存在を知りあっていたのであろうが、両者の出あいは私の目には異様に見えたのである。

その日も、畑にはいつものハシボソが群れていた。そこに、人家の屋根から屋根を伝うようにして、数羽のハシブトが飛んできた。そしてハシブトは、岩倉川沿いのムクの木にとまった。すると、ハシボソの群れから二羽がまっすぐに飛んできて、途中であわててきびすを返して群れの方に舞い戻った。そこで、二羽が仲間に何を言ったのかは知らない。それ以外に別に何もおこらなかったのだが、それから次第にハシブトが町並みに沿って勢力を拡げるようになり、私の記録に両種が記載される日が多くなった。

私の印象では、その頃週に二回ときめられたごみ回収の日と、ハシブトの勢力拡張との間には関係があるように思えてならないのである。ハシボソの英名はキャリオンクロウといい、ハシブトはジャングルクロウという。しかし、キャリオンつまり腐肉あさりの名によりふさわしいのは、ハシブトの方ではないかと思うのである。

下鴨に移ったのちには、ハシブトの方をより頻繁に見るようになった。岩倉のように田畑がないから、ハシボソの群れを見ることはない。近くに居ついているらしいハシボソの数羽のほかは、三々五々遠くから飛来するものらしい。岩倉の畑では、大風切にまっ白い一本の差羽をもつ個体を識別していたのだが、これとまず間違いないハシボソが下鴨の私の家の上を飛んでいったことがある。それが本当に同じ個体だとすれば、実に十年余を経ての出あいであるということ、彼らの長い寿命、そしてその行動範囲の広さを改めて思わずにはいられなかったのである。

岩倉の田畑でスズメやニュウナイスズメを無双網で獲っていた木野の山下老のことは、これまでに幾度か書いたことがある。老人は、スズメを寄せる囮《おとり》としてハシボソの剝製を用いていた。それを三、四羽、畦にとまらせたり、竹の上にとまらせたりしておくのであるが、スズメは仲間がいると思って安心してやって来るというのである。

下鴨に移り住んでからのある朝、ハシブトがやかましく鳴くので外に出てみた。その日もごみ回収の日で、町内に幾カ所かきめられたごみ集め場所を、ハシブトは上空から物色し、舞いおりてきては太い嘴でビニール袋をわけなく引き裂いて残飯や魚のあらなどを食い荒らす。たまたま飯粒でも散らばっていたのか、数羽のスズメもやってきてついばんでいた。そこで私は、全く予期しない光景を見てしまったのである。一羽のハシブトが目の前のスズメをあの太い嘴でくわえて、まだ羽ばたきもがいているのを攫《さら》っていってしまった。もっとも唐沢孝一氏の『カラスはどれほど賢いか』（中央公論社、一九八八年）には、ハシブトはネコさえ襲うとあるからこんなことはさして驚くにあたらないのかもしれない。

とにかく残飯などよりこっちの方がよほどうまいということだったのだろうか。それとも、この味をおぼえたある特別な個体の仕業だったのだろうか。そういえば、山下老はスズメの囮にハシブトの剝製を用いることはなかった。カラスは小さいものほどよく、紀州の熊野にゆけば小柄の熊野鴉というのがおり、それを手に入れたいのだとも言っていた。山下老が、私が見たようなハシブトの習性を知っていたか否かはわからない。ただ、私が目撃したハシブトの所業は、スズメに対するカラスの裏切り以外の何ものでもなかったのである。

もっとも、常日頃木立の中をくまなく物色しているハシボソも、おそらく小鳥たちの巣を狙って卵や雛を盗むことを常習としているのであろう。つい先日も、下鴨の植物園の茂みの中でシジュウカラの幼鳥のじじめきと親鳥の警声を聞いて、足を忍ばせて木の下に近寄ってみると、中枝にハシボソを見つけた。私に気付いて飛び去ったのだが、巣立ったばかりの幼鳥を狙っていたとしか考えられない。

この両種は、日本でこそ共存しているが、分布型を全く異にするのである。ハシブトは南方系の、ハシボソは北方系の種なのである。ハシブトはユーラシア大陸の熱帯域を中心に、西は中近東から東は日本まで分布を伸ばしている。ハシボソはユーラシア大陸の北半を、ヨーロッパから極東にかけて分布している。両種の分布が重なるのは、ヒマラヤからインドシナ半島の山岳部と、日本列島、サハリン、東部シベリア、朝鮮半島である。つまり片や南方系の種、片や北方系の種で、両種は極東で出あったと見なしても間違いではないように思う。

ハシボソが北方系であることの一つの証拠としては、南西諸島には分布していないということである。これらの島々にはどこに行っても多くのカラスを見るのだが、いずれもハシブトである。これらは諸島北半のリュウキュウハシブトガラスと、南半のオサハシブトガラスという異なる亜種とされ、九州以北の亜種とは異なっており、体は小型である。ハシボソは、台湾とそれ以南にも分布を伸ばしていない。

日本列島における両種の共存は、互いに空間を棲み分けているようにも見えない。しかも私は、両種が喧嘩をしているのをかつて見たことがない。この二種は共存しながら、つねに微妙にすれ違うことを旨としているように見えるのである。燕雀目はもとより、全鳥類の中でもっともクレヴァーだと言われるカラス科の仲間だけあって、彼らは互いに賢明な避けあいによる共存を演じているのである。

日本野鳥の会が出版した『フィールドガイド日本の鳥』の英語版は、日本語版よりも簡潔適切に、かつさりげなく、それぞれの分布についてつぎのように記している。ハシボソは、農耕地、河原、開拓地に多い。ハシブトは、市街地、海浜、山地に多い。この記載にはだれしも、数々の例外を唱えるにちがいない。ハシボソを市街地で、海浜や山の中でも見た、そしてその逆の例もあったといった列挙である。

ここで挙げられているのは、六つの棲息環境で、それぞれの種がこの中の三つずつを占めているということになるのだが、これは二種のカラスと人間とがつくりあげたまことに奇妙なモザイックだと言わなければならない。もちろん例外は承知の上で、これこそはまさしく、両種の分布の不思議議をもっとも適切に言いあてた表現だと思う。

果たしていずれが早く日本にすみついたのか、などという愚問を発することは差し控えたい。二万年ばかり前には、最後の氷河期があり、そのなかでより小刻みな幾度かの小氷期と小間氷期とが繰り返されている。そういった波が、南北の動物たちを交互に日本に運び込むことになったにちがいない。寒いからといって日本にやって来、暖かいからといって日本にやって来て、そのまま島流しになって足止めを喰らった動物たちを、いま私たちは身近に見ているのである。

しかし、ほんの一昔前のことを考えると、市街地や開拓地といったものは存在しなかった。すると、ハシボソの農耕地と河原、ハシブトの海浜と山という四要素だけが残ることになる。ハシブトは海山を股にかけ、ハシボソはその中間を占めるということになる。しかしハシボソは、人間との間合いをとりつづけた。そのうち、人間は都市や開拓地をつくった。ハシボソは人気の少ない開拓地には足を伸ばしたが、都市の方は敬遠し、そこになだれ込んできたのがハシブトだったということなのではないだろうか。

両種の繁殖状況については、私は十分な資料をもってはいない。数年前に、今西先生宅のジャングルのように茂った庭のエノキの木だったかイチョウの木だったかのてっぺんに、ハシボソが巣をつくっていた。巣ごもり中の親鳥の尻尾だけが巣の外にはみ出しており、木の上にフライパンでもひっかけたように見えていたのを思い出す。先生はすでに視力を失っておられたので、このことは話題にしないでしまった。昨年は疏水の雑木の上に、ハシボソが二つ巣をつくっていた。今年は巣を見かけないのだが、やはり二つがいが疏水の近くのどこかの林に巣をつくっていることは間違いない。

このほかにも、植物園や下鴨神社の森のへりなどに巣をつくっているのはことごとくハシボソで、それは彼らと人間とのかかわりの伝統の深さのようなものを感じさせるのである。それに対して、ハシブトの方は、深泥ヶ池《みぞろがいけ》、松ヶ崎、西加茂などの山林の中に巣をつくっている。日頃は、町中でビルからビルへ渡り歩いているハシブトが、実は人間への根深い不信をもっている証しを見るような気がするのである。

ここでもう一度、両種の英名にもどると、少しは納得がゆくかもしれない。山をねぐらにして都会に出かせぎに来るハシブトのジャングルクロウと、人の生活にひっそりとつきまとい、そのおこぼれをあさるハシボソのキャリオンクロウである。

『新註校訂国訳本草綱目』を見ると、慈烏と烏鴉が記載されていて、前者は和名みやまからす、後者はたうがらす、一名こくまるからすに同定されている。ともに大陸に分布の中心をもち、冬季に九州地方に渡ってくる鳥である。ところが、『鳥の手帖』（小学館、一九九〇年）は、一八三九年刊の毛利梅園描くところの『梅園禽譜』の慈鳥図を掲載しており、「ホソガラス、嘴ボソト云」としている。図はおそらく江戸近郊で得られたものの写生であろうし、ハシボソそのものにちがいない。図の添書きには「時珍曰ク」で始まる本草綱目の引用があるが、そこで「本邦ニ」とあるのは中国のことであり、それがハシボソ図の説明に当てられていることに注意しておく必要がある。

『本草綱目』の著者である李時珍は湖北省の人であるから、中国科学出版社刊の『中国鳥類分布名録』（一九七六年）を見ても、「烏には四種あって」という四種の中にはハシボソとハシブトも入っており、慈鳥がハシボソで烏鴉がハシブトである可能性はあると言わなければならない。慈鳥が「北方の土地に極めて多い」というのも、ハシボソの分布と一致するのである。

以上を念頭に置いてのことだが、「悪食ヲセズ穀類ヲ食フ故ニ本草ニ慈烏ハ可レ食烏鴉ハ腥多シ不レ可レ食《フ》ト云ヘリ」という梅園の賛は注目に値する。キャリオンクロウは悪食者ではなく、ジャングルクロウは悪食だぞと戒めているのである。ところが、この食う可からずの烏鴉の方が、諸種の薬効をもつらしい。

カラスは、とかく民間伝承や民謡などに登場する。しかもその漆黒の粧いは、良きにつけ悪しきにつけさまざまな象徴的存在とされることが多い。つまりカラスは、いろいろな民族の心情を映し出す道具に用いられることが多いのである。拙著『自然の慈悲』(平凡社、一九九〇年)の中に「アフリカのカラス」という文章があり、アフリカのさまざまなカラス像を描いたが、ここでは立ち入らない。ただ、アフリカにはハシボソもハシブトもいないのだが、コルヴス属だけでも七種類も知られており、人の心もさまざまであるから、アフリカのカラス像は大変複雑な様相を呈するということになる。

『柳田國男集』(筑摩書房)のなかにも、カラスは至るところに登場する。これらの民間伝承の中には、カラスの声が模写されていて面白い。ざっと挙げただけでも、ガオランガオラン、ガオラガオラ、カアカア、カァカァ、かァかァ、アホウアホウ等々となっている。カラスが可愛可愛と鳴くという歌は、私たちが幼い頃から愛唱してきたものである。カラスの名の由来には諸説あるようだが、声に由来という説もあるらしい。カラまではわかるのだが、それにどうしてスの音がついたのだろう。

カラスはカアカアと鳴くということになっているが、実際によく聞いてみるとそれほど単純ではない。先に挙げた伝承の中の声も、おそらく半ばはしわがれたハシボソの声であり、半ばは澄んだハシブトの声の描写にちがいない。古来日本のカラスは、ハシボソとハシブトが、人里にすむ黒い鳥という一つのイメージの中にまざりあって生きてきたといってよいのだろう。ハシブトはのどをふくらませ、ハシボソは胸先の羽を荒だてるようにして、ともに首を突き出し突き出しして鳴くのである。

蕪村描くところの二羽のカラスは、雪の中で身を寄せあい、押し黙っているハシボソである。「曠野集巻之四」の芭蕉の句、「かれ朶《えだ》に烏のとまりけり秋の暮」のモデルは、また、萩原朔太郎の「かの高き屋根に口をあけて風見の如くに咆號せん」という虚無の鴉のモデルは、はたしてハシボソなのであろうか、それともハシブトなのであろうか。

けもののはなし

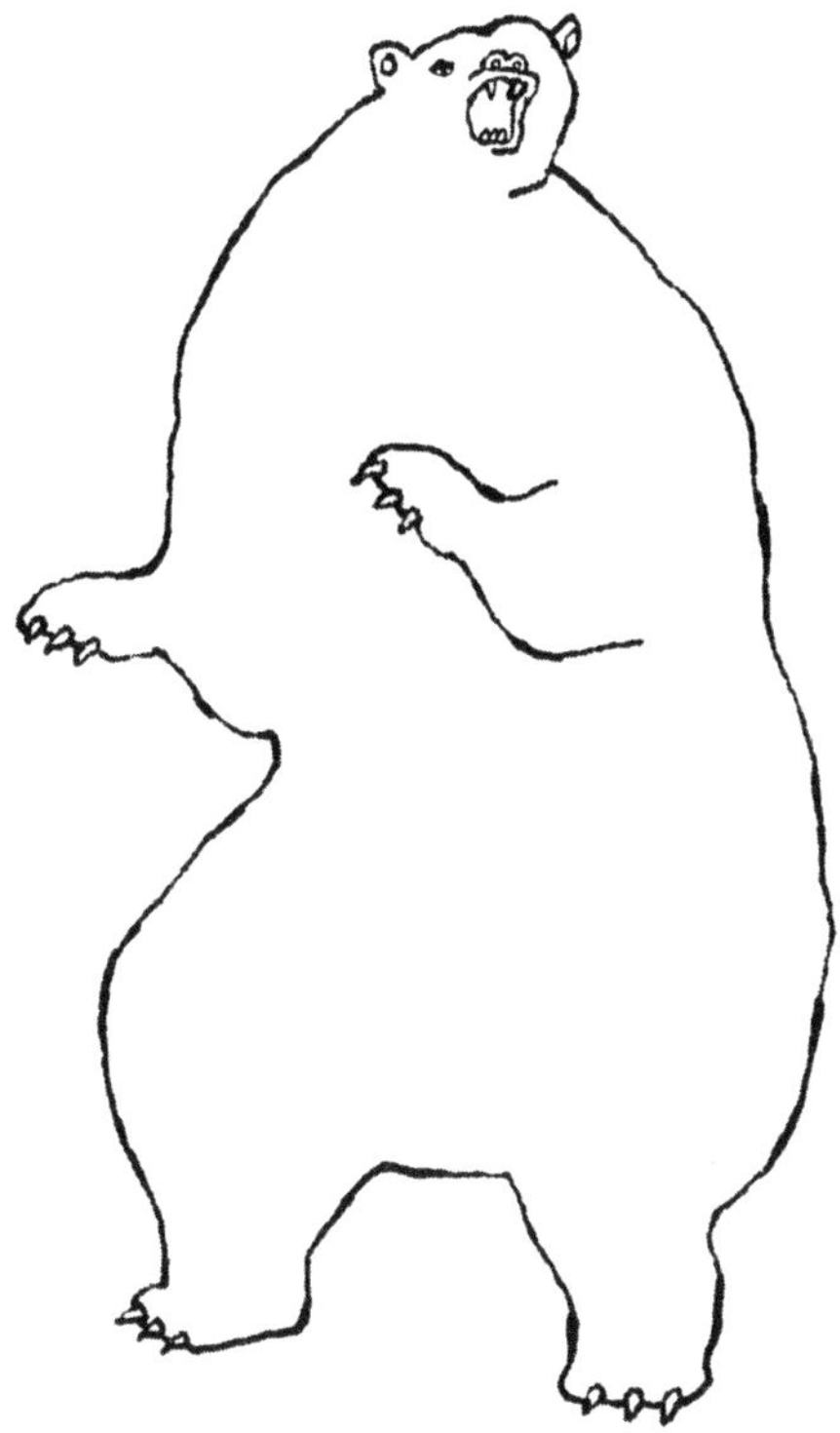

タヌキの交通事故

日高敏隆

一一月から一二月というのは、タヌキにとっては厄月らしい。高速道路で車の犠牲になるタヌキの数が、一年中で格段に増える時期だからである。

ぼくがこのことを知ったのは、一〇年以上前、日本道路公団が設けているロードキルの調査委員会に加わっていたときであった。ロードキルとは、道路、とくに高速道路で車にはねられたり、ひかれたりして動物が命を落とすことである。日本に高速道路網が広がるにつれて、ロードキルも増えていった。

日本の高速道路は、全線にわたってフェンスで囲われている。だから、諸外国のようにシカとかクマとかいう大型動物が入りこんでくることはまずない。けれど、タヌキ、キツネ、ウサギ、イタチ、カメ、それに空から餌《えさ》を求めて降りてくるトビ、カラスのような鳥たちは、道路に入りこんで車にぶつかる。その中でも、タヌキがいちばん多いのである。

なぜタヌキか？　それはタヌキのいろいろな性質や行動習性に原因がある。

まず、タヌキはそこらじゅうにいる。杉林やヒノキ林は別として、雑木の多いふつうの山ならタヌキはたいていいる。多少、人が住んでいても平気である。だから、道路ができると、タヌキはほとんどどこにでも現れる。

次にタヌキはキツネやイヌに比べて、ずっと背が低い。そして、草などが生えていると、それを乗り越えるのではなく、下にもぐりこんで歩く。だからフェンスに出くわすと、フェンスの下の隙間にもぐりこんで、道路に入ってしまうのだ。一方、タヌキは木によじ登ることもできる。だから、フェンスを登って、上から道路へ入りこむこともある。

第三に、昔からタヌキ寝入りと呼ばれている現象がある。タヌキを見つけて棒か何かでたたいたら、ゴロンと倒れて動かなくなった。死んだと思って手足をざっと縄でしばり、そこらにころがしておく。タヌキ汁の支度にとりかかりながら、ふと見ると、あれ、いない。しまった、これが有名なタヌキ寝入りだったかと気がついたときにはもうおそい。

どうやらタヌキには、高速道路でも同じようなことが起こるらしいのである。草むらの中から急に広い道路へ出てしまったタヌキは、戸惑いを感じている。そこへ、轟音《ごうおん》とともに車がやってくる。度肝を抜かれたタヌキは、失神してころんと倒れてしまう。そして、車にはねられてしまうのだ。

　では、なぜ一一月ごろに事故が増えるのか？　それは、このころがタヌキの分散期だからである。哺乳類としては、かなり珍しいことに、タヌキは夫婦で子どもを育てる。六、七月に産まれた子ダヌキたちは、両親に守られ、導かれて、安全に育っていく。

　しかし、一一月ともなると、いわゆる子別れのときがくる。親もとを追い出された若ダヌキたちは、見知らぬ場所にさまよい出て、独立の道を探っていく。そんなとき高速道路のフェンスに出合ったら、若ダヌキたちは自分のもって生まれた習性に従って、フェンスをくぐるなり、よじ登るなりして、道路に入りこむ。そして、そこへ走ってきた車に驚いてタヌキ寝入り現象を起こし、あえなく車にはねられたり、ひかれたりしてしまうのである。人生はこれからという若いタヌキたちだから、よけいかわいそうだ。

　その後、東名、名神などでは、タヌキのロードキルは大幅に減ったという。タヌキが経験を積んだのではない。道路付近に、タヌキがいなくなってしまったからである。

動物

吉田健一

先日、インドの一角犀といふ種類の犀が始めて日本に来たといふのを新聞の写真で見た。アフリカのは鼻の上の角が二本あるのに対して、これは一本しかないので珍重され、今日ではアツサムとかいふ地方に三百頭しか残つてゐないのを、特別の計ひで多摩動物園に一頭譲つてくれたのださうである。さういふ効能書風のことを読まされると、何だかこつちも鹿爪らしい気持になるが、幾つかの新聞に載つてゐた写真はどれも、如何にも素直で愚鈍さうな、可愛らしい動物がのそつと立つてゐる所を取つてゐた。

併しこれは犀が馬鹿な動物だといふことにはならなくて、人に変な具合に疑はれなければ、それ故に殊に、野生のものならば、動物は凡てこれと同じものを我々に感じさせる。人に飼はれてゐるものでもいぢめられてさへゐなければ、猟犬や競馬用の馬のやうな知能が高度に発達したものにもこれがあつて、さう言へば、野生で多くの敵と戦つて暮してゐる動物が馬鹿である筈がない。それはその目付きを見ても解ることで、その光り方は非常に賢い人間のと同じなのであるが、それでゐて動物にはこの素直で愚鈍な感じがある。自然とともにゐるといふことが、そこまでその性格に作用してゐるのだらうか。それは素直なのを通り越して、どこか空ろに見えることさへある。犬や馬でもさうで、我々が知らないことを知つてゐるから、さういふ目付きをするのではないかとも思へる。併し実際は安心してゐるかららしい。

いつ、何が起るか解らないこの世の中で、野生の世界でならばなほ更のこと、さうした安心した状態にあれば、我々のやうに始終、どうでもいいことに気遣つてゐるものには、その目付きが悲しげに見えたり、姿が愚鈍さうに思はれたりするのは当り前である。ハアディイといふ英国の小説家はそれを絶望の表情と解釈してゐるが、そんなことはない。動物は素直なのである。

〔編集部注〕本書では、底本の旧漢字を新漢字に換えて表記しました。

動物園をおそう悲劇

澤田喜子

　昭和十七年ごろから、次第に戦況は悪化していきました。三月から四月になると、本土にもひんぱんに敵機が飛来し、そのたびに空襲警報が発令《はつれい》されました。だいたい午前中に一機、高いところから東京上空を偵察《ていさつ》していくようです。通りすぎてしまうと、一時間ばかりで警報は解除されるのですが、とてもぶきみな感じがしました。

　わたしは知らなかったのですが、昭和十八年八月十六日、東京都長官から猛獣の処分をするようにという命令が出ていたのです。空襲で檻がこわされたりすると、猛獣が市中に出てしまい、危険だという理由からでした。

　ある朝、わたしが売札所へ向かって歩いていくと、飼育係の人が、

「ゾウ舎《しゃ》のところへはやくいくといいよ。菅谷《すがや》さんが待っているから」

といって、足早にいってしまいました。わたしは何だろうとふしぎに思いながら、ゾウ舎へいく坂をおりていくと、菅谷さんがトンキーとワンリーを園内に出しているところです。二頭はのんびり鼻をふりふり、そこらをいったりきたりして、いつもとかわりない風景です。わたしが菅谷さんに「おはようございます」と声をかけると、菅谷さんはニコニコして、「おはよう」と低い声で答えて、「トンキーとワンリーも、もうみんなに会えなくなるかもしれないから、記念に写真をとろうと思ってね」といいました。

「ゾウを疎開させるんですか」とわたしが問いかけると、菅谷さんは、「それができればいいんだけど」といって、しばらくだまっていました。

そこへ、女子職員が二、三人走ってやってきました。菅谷さんは、気をまぎらわすかのように彼女たちのほうへ声をかけました。

「じゃあ、みんな、ゾウの前にならびなさい」

これが、トンキーとワンリーの最後の写真となってしまいました。わたしは、トンキーとワンリーのザラザラした鼻の頭をなでて別れを告げましたが、彼らはそんな運命にあるとは知らず、頭を振ってきげんがよかったのです。

これ以上いると涙が出てきてしまう！ そう思って、わたしは逃《に》げるようにして売札所に帰りました。

そのころには、空襲にそなえて、ゾウ舎の脇《わき》にある坂道の左側に防空壕が掘《ほ》られていました。そのほかにも、お客さまがいつでも避難できるように待避所などが設置されていました。日ましに、飼育係の人たちはあまり話をしなくなりました。なんだか動物園じゅうが無口になっていったようです。飼育係の人はみんな、口は悪いけれど素朴で気持ちのいい人たちばかりです。いつも冗談をいってはわたしたちを笑わせてくれていましたが、次第にその笑いも消えていきました。また、飼育係の人たちが勤務のあと配給のお酒を飲む姿を見かけるようになりました。お酒でも飲まなくてはいられなかったにちがいありません。


それは昭和十八年八月二十九日でした。閉園も間近いころです。

「ゾウ舎のほうでドスン！　という音がした」

だれかの話し声が聞こえました。わたしは、ジョンが死んだんだ！　と直感しました。

その後九月末には、ワンリーもトンキーも、ジョンのあとを追って死んでいきました。彼らは餓死させられたのです。戦争さえなければ、まだまだ元気でいられたのに……。

毎年夏がくると、トンキーやワンリー、ジョンはプールで鼻いっぱいに水をすいあげてはプシューとふき出して楽しそうに水浴びをしていたのに、エサばかりでなく水も飲ませてもらえなかったのです。

のどがかわいても水も飲ませてもらえず、おなかがすいてもエサには毒が入っています。芸をすればエサをくれると思って、足を折りまげ地面にひざをついて、鼻を高々とあげてエサをねだったトンキー……。

菅谷さんと渋谷《しぶや》さんが、見るに見かねて、ゾウ舎へ水の入ったバケツを持っていくのを見かけたことがあります。

ライオンやトラ、ヒョウ、シロクマなどの猛獣類は、ゾウよりもはやく殺《ころ》されてしまいました。猛獣を担当している飼育係は、毎日朝と夕方には彼らの好《す》きな肉や牛乳を運んでいましたが、その同じ人が、動物を殺すための毒を運ばなければならなかったのです。担当する動物を毒殺《どくさつ》するのがつらくて、動物園に出てこられなくなった飼育係もいました。

動物たちは、いくらおなかがすいても、なかなか毒入りのエサを食べようとしません。それでも、空腹にたえきれず毒入りのエサを食べてしまうものもいます。動物たちはきっと、もう人間なんか信用できないと思ったにちがいありません。人間に裏切られたと思ったでしょう。

毒入りエサを食べない動物は、ジョンやトンキーたちのように餓死させたり、扼殺《やくさつ》（首をしめて殺すこと）したと聞きました。そのほかに、どんな方法で殺したか、わたしは聞くのもいやでした。

飼育係の人たちの悲しみは想像を絶するほど深かったでしょう。

みんなは毎日、動物が死んでいくたびにやりきれない気持ちになりました。暗く悲しい日が続きました。わたしたちにはどうすることもできなかったのです。

わたしがまだ動物園に入りたてのころ、若い飼育係に「あなたはどうして飼育係になったの？」とたずねたことがあります。

その新米の飼育係が、

「人間はときとして裏切ることがあるけど、動物は絶対に裏切らないから」

と答えたのを、わたしは思い出しました。

子猫

寺田寅彦

これまでかつて猫というもののいた事のない私の家庭に、去年の夏はじめ偶然の機会から急に二匹の猫がはいって来て、それが私の家族の日常生活の上にかなりに鮮明な存在の影を映しはじめた。それは単に小さな子供らの愛撫《あいぶ》もしくは玩弄《がんろう》の目的物ができたというばかりでなく、私自身の内部生活にもなんらかのかすかな光のようなものを投げ込んだように思われた。

このような小動物の性情にすでに現われている個性の分化がまず私を驚かせた。物を言わない獣類と人間との間に起こりうる情緒の反応の機微なのに再び驚かされた。そうしていつのまにかこの二匹の猫は私の目の前に立派に人格化されて、私の家族の一部としての存在を認められるようになってしまった。

二匹というのは雌の「三毛」と雄の「たま」とである。三毛は去年の春生まれで、玉のほうは二三か月おそく生まれた。宅《うち》へもらわれて来たころはまだほんとうの子猫であったが、わずかな月日の間にもう立派な親猫になってしまった。いつまでも子猫であってほしいという子供らの願望を追い越して容赦もなく生長して行った。

三毛は神経が鋭敏であるだけにどこか気むずかしくてそしてわがままでぜいたくである。そしてすべての挙動にどことなく典雅のふうがある。おそらくあらゆる猫族の特性を最も顕著に備えた、言わば最も猫らしい猫の中の雌猫らしい雌猫であるかもしれない。実際よくねずみを捕《と》って来た。家の中にはとうからねずみの影は絶えているらしいのに、どこからか大小いろいろのねずみをくわえて来た。しかし必ずしもそれを食うのではなく、そのままに打ちすてておいてあるのを、玉が失敬して片をつける事もあるようだし、また人間のわれわれが糸で縛って交番へ届ける事もあった。生存に直接緊要な本能の表現が、猫の場合ですらもうすでに明白な分化を遂げて、言わば一種の「遊戯」に変化しているのは注意すべき事だと思ったりした。

玉のほうは三毛とは反対に神経が遅鈍で、おひとよしであると同時に、挙動がなんとなく無骨で素樸《そぼく》であった。どうかするとむしろ犬のある特性を思い出させるところがあった。宅へ来た当座は下性《げしょう》が悪くて、食い意地がきたなくて、むやみにがつがつしていたので、女性の家族の間では特に評判がよくなかった。それで自然にごちそうのいい部分は三毛のほうに与えられて、残りの質の悪い分け前がいつでも玉に割り当てられるようになっていた。しかし不思議なものでこの粗野な玉の食い物に対する趣味はいつとなしに向上して行って、同時にあのあまりに見苦しいほどに強かった食欲もだんだん尋常になって行った。挙動もいくらかは鷹揚《おうよう》らしいところができてきたが、それでも生まれついた無骨さはそう容易には消えそうもない。たとえば障子の切り穴を抜ける時にも、三毛だとからだのどの部分も障子の骨にさわる事なしに、するりと音もなくおどり抜けて、向こう側におり立つ足音もほとんど聞こえぬくらいに柔らかであるが、それが玉だとまるで様子がちがう。腹だか背だかあるいはあと足だか、どこかしらきっと障子の骨にぶつかってはげしい音を立て、そして足音高く縁側に、おりるというよりむしろ落ちるのである。この区別はあるいは一般に雌雄の区別に相当する共通のものであるかどうか私にはわからない。しかし考えてみると人間の同じ性のものの中でもこれに似た区別がかなりに著しい。ちょっと一つの部屋から隣の部屋へ行く時にも必ず間の唐紙《からかみ》にぶつかり、縁側を歩く時にも勇ましい足音を立てないでは歩かない人と、また気味の悪いほどに物音を立てない人とがある事を考えてみると、三毛と玉との場合にもおもな差別はやはり性の相違ばかりではなくて個性の差に帰せらるべきものかもしれない。

ことしの春寒のころになってから三毛の生活に著しい変化が起こって来た。それまではほとんどうちをあける事のなかったのが、毎日のように外出をはじめた。従来はよその猫を見るとおかしいほどに恐れて敵意を示していたのが、どうした事か見知らぬ猫と庭のすみをあるいているのを見かける事もあった。一日あるいはどうかするとそれ以上も姿を隠す事があった。始めはもしや猫殺しの手にでもかかったのではないかと心配して近所じゅうを尋ねさせたりした事もあったが、そうしていると夜明け方などにふいと帰って来た。平生はつやつやしい毛色が妙に薄ぎたなくよごれて、顔もいつとなく目立ってやせて、目つきが険しくなって来た。そして食欲も著しく減退した。

うちの三毛が変などろぼう猫と隣の屋根でけんかをしていたというような報告を子供の口から聞かされる事もあった。

私はなんとなしに恐ろしいような気がした。自分では何事も知らない間に、この可憐《かれん》な小動物の肉体の内部に、不可抗な「自然」の命令で、避け難い変化が起こりつつあった。そういう事とは夢にも知らない彼女は、ただからだに襲いかかる不可思議な威力の圧迫に恐れおののきながら、春寒の霜の夜に知らぬ軒ばをさまよい歩いているのであった。私は今さらのように自然の方則の恐ろしさを感じると同時に、その恐ろしさをさえ何のためとも自覚し得ない猫を哀れに思うのであった。

そのうちにまたいつとなく三毛の生活は以前のように平静になったが、その時にはもう今までの子猫ではなくて立派に一人前の「母」になっていた。

いつも出入りする障子の穴が、彼女のためには日ごとに狭くなって行くのであった。出入りのたびごとにその重い腹部をかなりに強く障子にぶっつけた。どうかすると無作法な玉よりもはげしい音を立ててやっとくぐり抜ける事もあった。人間でさえも、ほんの少しばかりいつもより鍔《つば》の広い麦藁帽《むぎわらぼう》をかぶるともう見当がちがって、いろいろなものにぶっつかるくらいであるから、いかに神経の鋭敏な三毛でも日々に進行するからだの変化に適応して運動を調節する事はできなかったにちがいない。それはとにかく私はそれがために胎児や母体に何か悪い影響がありはしないかという気がしたが、しかし別にどうするでもなくそのままにうっちゃっておいた。

どんな子猫が生まれるだろうかという事が私の子供らの間にしばしば問題になっていた。いろいろな勝手な希望も持ち出された。そしてめいめいの小さな頭にやがてきたるべき奇蹟の日を描いてそれを待ち遠しがっているのであった。今度生まれたのは全部うちで飼ってほしいという願いを両親に提出するのもあった。

ある日家族の大部分は博覧会見物に出かけた。私は留守番をして珍しく静かな階下の居室で仕事をしていたが、いつもとはちがって鳴き立てる三毛の声が耳についた。食物をねだる時や、外から帰って来る主人を見かけてなくのとは少し様子がちがっていた。そしてなんとなく不安で落ち着き得ないといったようなふうで、私のそばへ来るかと思うと縁側に出たり、また納戸《なんど》の中に何物かを捜すようにさまよっては哀れな鳴き声を立てていた。

かつて経験のない私にも、このいつにない三毛の挙動の意味は明らかに直感された。そして困ったものだと思った。妻はいないし、うちにいる私の母も年の行かぬ下女もいずれも猫の出産に際してとるべき適当の処置についてはなんらの予備知識も持ち合わせなかったのである。

ともかくも古い柳行李《やなぎごうり》のふたに古い座ぶとんを入れたのを茶の間の箪笥《たんす》の影に用意してその中に三毛をすわらせた。しかし平生からそのすわり所や寝所に対してひどく気むずかしいこの猫は、そのような慣れない産室に一刻も落ち着いて寝てはいなかった。そして物につかれたようにそこらじゅうをうろついていた。

午過《ひる》ぎに二階へ上がっていたら、階段の下から下女が大きな声を立てて猫の異状を訴えて来た。おりて来て見ると、三毛は居間の縁の下で、土ぼこりにまみれたねずみ色の団塊を一生懸命でなめころがしていた。それはほとんど生きているとは思われない海鼠《なまこ》のような団塊であったが、時々見かけに似合わぬ甲高いうぶ声をあげて鳴いていた。

三毛は全く途方にくれているように見えた。赤子の首筋をくわえて庭のほうへ行こうとしているかと思うと、途中で地上におろしてまたなめころがしている。とうとうその土にまみれた、気味悪くぬれよごれたものをくわえて私たちの居間に持ち込んで来た。そして私の座ぶとんの上へおろして、その上で人間ならば産婆のすべき初生児の操作法を行なおうとするのである。私は急いで例の柳行李のふたを持って来て母子《おやこ》をその中に安置したが、ちょっとの間もそこにはいてくれないで、すぐにまた座敷じゅうを引きずり歩くのであった。

当惑した私は裏の物置きへその行李を持ち込んで行って、そこに母子を閉じ込めてしまった、残酷なような気もしたが、家じゅうの畳をよごされるのは私には堪え難い不愉快であった。

物置きの戸をはげしく引っかく音がすると思っていると、突然高い無双窓に三毛の姿が現われた。子猫をくわえたままに突っ立ち上がって窓のすきまから出ようとして狂気のようにもがいているさまはほんとうに物すごいようであった。その時の三毛の姿勢と恐ろしい目つきとは今でも忘れる事のできないように私の頭に焼きつけられた。

急いで戸をあけてやった。よく見ると、子猫のからだがまっ黒になっているし、三毛の四つ足もちょうど脚絆《きゃはん》をはいたように黒くなっている。

このあいだじゅう板塀《いたべい》の土台を塗るために使った防腐塗料をバケツに入れたのが物置きの窓

の下においてあった。その中に子猫を取り落としたものと思われた。頭から油をあびた子猫はもう明らかに呼吸が止まっているように見えたが、それでもまだかすかに認められるほどのうごめきを示していた。

むごたらしい人間の私は、三毛がこの防腐剤にまみれた足と子猫で家じゅうの畳をよごしあるく事に何よりも当惑したので、すぐに三毛をかかえて風呂場にはいって石鹼で洗滌《せんじょう》を始めたが、このねばねばした油が密生した毛の中に滲透《しんとう》したのはなかなか容易にはとれそうもなかった。

そのうちにもう生命の影も認められないようになった子猫はすぐに裏庭の桃の木の下に埋めた。埋めてしまった後に、もしやまだ生きていたのではなかったかという不安な心持ちがして来て非常にいやな気がした。しかしもう一度それを掘りかえして見るだけの勇気はどうしてもなかった。黒い油にまみれたあのおぞましい団塊に再び生命が復《かえ》って来ようとも思われなかった。

そのうちに一同が帰宅して留守中に起こった非常な事件に関する私からの報告を聞いているうちに、三毛はまた第二第三の分娩《ぶんべん》を始めた。私はもうすべての始末を妻に託して二階にあがつた。机の前にすわってやっと落ち着いてみると、ただささえ病に弱っている自分の神経が異常な興奮のためにひどく疲れているのに気がついた。

　あとから生まれた三匹の子猫はみんなまもなく死んでしまった。物置きに入れられてからの三毛のはげしい肉体と精神の劇動がこの死産の原因になったのではないかと疑ってみた。この疑いはいつまでも私の心の奥のほうに小さな傷あとのようになって残っている。桃の木の下に三匹の同胞とともに眠っているあの子猫に関する一種の不安もおそらくいつまでも私の良心に軽い刺激となって残るだろう。

　産後の経過が尋常でなかった。三毛は全く食欲を失って、物憂《ものう》げに目をしょぼしょぼさせながら一日背を丸くしてすわっていた。さわって見るとからだじゅうの筋肉が細かくおののいているのが感ぜられた。これは打ち捨てておいては危険だと思われたので、すぐに近所の家畜病院へ連れて行かせた。胎児がまだ残っているらしいから手術をして、そしてしばらく入院させたほうがいいという事であった。

　十日ばかりの入院中を毎日のようにかわるがわる子供らが見舞いに行った。それが帰って来ると、三毛の様子がどういうふうであったかを聞いてみるが、いつも要領を得る事はできなかった。あまり頻繁《ひんぱん》に見に来ると猫の神経を刺激して病気にさわると言って医師から警告を受けて帰ったものもあった。

物を言わない家畜を預かって治療を施す医者の職業は考えてみるとよほど神聖なもののような気がした。入院中に受けた待遇についてなんらの判断も記憶も持ち得ないし、また帰宅しても人間に何事も話す事のできないような患者に忠実親切な治療を施すという事があたりまえではあるがなんとなく美しい事のように思われた。

退院後もしばらく薬をもらっていた。その散薬の包み袋が人間のと全く同じであるが、名前の所には吉村氏《よしむらし》愛猫《あいびょう》としてその下に活字で「号」の字があった。おそらく「三毛号」とするところを略したのだろう。とにかくそれからしばらくは愛猫号という三毛のあだ名が子供らの間に流行していた。

ある日学校から帰った子供が見慣れぬ子猫を抱いて来た。宅の門前にだれかが捨てて行ったものらしい。白い黒ぶちのある、そしてしっぽの長い種類のものであった。縁側を歩かせるとまだ足が不たしかで、羽二重《はぶたえ》のようになめらかな蹠《あしうら》は力なく板の上をずるずるすべった。三毛を連れて来てつき合わせると三毛のほうが非常に驚き恐れて背筋の毛を逆立てた。しかしそれから数時間の後に行って見ると、だれかが押し入れの中にオルガンの腰掛けを横にして作ってやった穴ぼこの中に三毛が横に長くねそべって、その乳房にこの子猫が食いついていた。子猫はポロ〳〵〳〵とかすかに咽喉《のど》を鳴らし、三毛はクルークルーと今までついぞ聞いた事のない声を出して子猫の頭と言わず背と言わずなめ回していた。一度目ざめんとして中止されていた母性が、この知らぬよその子猫によって一時に呼びさまされたものと思われた。私は子を失った親のために、また親を失った子のために何がなしに胸の柔らぐような満足の感じを禁じる事ができなかった。

三毛の頭にはこの親なし子のちびと自分の産んだ子との区別などはわかろうはずはなかった。そしてただ本能の命ずるがままに、全く自分の満足のためにのみ、この養児をはぐくんでいたに相違ない。しかしわれわれ人間の目で見てはどうしてもそうは思いかねた。熱い愛情にむせんででもいるような声でクルークルーと鳴きながら子猫をなめているのを見ていると、つい引き込まれるように柔らかな情緒の雰囲気《ふんいき》につつまれる。そして人間の場合とこの動物の場合との区別に関する学説などがすべてばからしいどうでもいい事のように思われてならなかった。

どうかすると私はこのちびが、死んだ三毛の実子のうちの一つであるような幻覚にとらえられる事があった。人間の科学に照らせばそれは明白に不可能な事であるが、しかし猫の精神の世界ではたしかにこれは死児の再生と言っても間違いではない。人間の精神の世界がＮ元《ディメンジョン》のものとすれば、「記憶」というものの欠けている猫の世界は（N-1）元《ディメンジョン》のものと見られない事もない。

ちびは大きくなるにつれてかわいくなって行った。彼は三毛にも玉にもない長いしっぽをもっていると同時に、また三毛にも玉にもない性情のある一面を備えていた。たとえば三毛が昔かたぎの若い母親で、玉が田舎出《いなかで》の書生だとすれば、ちびには都会の山の手の坊ちゃんのようなところがあった。どこか才はじけたような、しかしそれがためのいやみのない愛くるしさがあった。

小さな背を立てて、長いしっぽをへの字に曲げて、よく養母の三毛にけんかをいどんだが、三毛のほうでは母親らしくいいかげんにあやしていた。あまりうるさくなると相手になってかなり手荒く子猫の首をしめつけてころがしておいて逃げ出す事もあった。しかしそんな場合に口ぎたなくののしらないだけでも人間の母親のある階級のものよりははるかに感じがよかった。また子猫のほうでもどんなにひどくされてもいじけたり、すねたりしない点がわれわれの子供よりもずっと立派なように思われた。

もう一人立《ひとりだ》ちができるようになって、ちびは親戚の内へもらわれて行った。迎いの爺《じい》やが連れに来た時に、子供らは子猫を三毛のそばへ連れて行って、別れでも惜しませるつもりで口々に何か言っていたが、これぱかりはなんの事とも理解されようはずはなかった。ちびが永久に去った後に三毛はこの世界に何事も起こらなかったかのように縁側の柱の下にしゃがんで気持ちよさそうに目をしょぼしょぼさせていた。それが罪業の深いわれわれ人間には妙にさびしいものに見えるのであった。それから一両日の間は時々子猫を捜すかと思われるような挙動を見せた事もあったが、それもただそれきりで、やがて私の家の猫にはのどかな平和の日が帰って来た。それと同時に、ほとんど忘れられかかっていた玉の存在が明らかになって来た。

子猫に対して玉は「伯父《おじ》さん」というあだ名をつけられていた。そしてははなはだ冷淡でそっけない伯父さんとして、いつもながら不利な批評の焦点になっていたが、もうそれも過去になって、彼もまたもとの大きな子猫になってしまった。子猫に対して見るといかにも分別のある母親らしく見えていた三毛ですらも、やはりそうであった。いちばん小さい私の子供に引っつかかえられて逃げようとしてもがきながら鳴いているところを見たりすると、なおさらそういうディスイリュージョンを感じるのであった。

夏の末ごろになって三毛は二度目の産をした。今度も偶然な吻合《コインシデンス》で、ちょうど妻が子供を連れて出かけるところであったが、三毛の様子がどうも変であったから少し外出を見合わして看護させた。納戸のすみの薄暗い所へいつかの行李を置いてその中に寝かせ、そしてそろそろ腹をなでてやるとはげしく咽喉を鳴らして喜んだそうである、そしてまもなく安々と四匹の子猫を分娩した。

人間のこしらえてやった寝床ではどうしても安心ができないと見えて、母猫はいつのまにか納戸の高い棚の奥に四匹をくわえ込んだ。子供らはいくら止めても聞かないで、高い踏み台を持ち出してそれをのぞきに行くのであった。私はなんとはなしにチェホフの小品にある子猫と子供の話を思い浮かべて、あまりきびしくそれをとがめる気にもなれなかった。

子猫の目のあきかかるころになってから、時々棚の上からおろして畳の上をはい回らせた。そういう時は家内じゅうのものが寄り集まってこの大きな奇蹟を環視した。そのような事を繰返す日ごと日ごとに、おぼつかない足のはこびが確かになって行くのが目に立って見えた。単純な感覚の集合から経験と知識が構成されて行く道筋はおそらく人間の赤子の場合と似たものではあるまいかと思われた。そしてその進歩が人間に比べて驚くべく急速である事も拒み難い。このように知能の漸近線《アシンプトート》の近い動物のほうが、それの遠い人間に比べてそれに近づく速度の早いという事実はかなり注意すべき事だと思ったりした。物質に関する科学の領域にはこれに似た例はまれであろう。

二匹の子猫はだいたい三毛に似た毛色をしていた。一つを「太郎」もう一つを「次郎」と呼んでいた。あとの二匹は玉のような赤黄色いのと、灰色と茶の縞《しま》のような斑《ぶち》のあるのとで、前のを「あかい」あとのを「おさるい」と名づけていた、おさるいは顔にある縞がいわゆるどこか猿ぐまに似ていたからだれかがそう名づけたのである。そうして背中の斑が虎《とら》のようだから「鵺《ぬえ》」だというものもあった。この鵺だけが雌で、他の三匹はいずれも男性であった。

生長するにつれて四匹の個性の相違が目について来た。太郎はおっとりして愛嬌《あいきょう》があって、それでやっぱり男らしかった。次郎もやはり坊ちゃんらしい点は太郎に似ていたが、なんとなく少し無骨で鈍なところがあった。赤は顔つきからして神経的な狐《きつね》のようなところがあったが、実際臆病《おくびょう》かあるいは用心深くて、子供らしいところが少なかった。おさるは雌だけにどこか雌らしいところがあって、つかまりでもするとけたたましい悲鳴をあげて人を驚かした。

玉をつれて来て子猫の群れへ入れると、赤と次郎はひどくおびえて背を丸く立てて固くしゃちこばったが、太郎とおさるはじきに慣れて平気でいた。玉のほうは相変わらずきわめて冷淡な伯父さんで、めんどうくさがってすぐにどこかへ逃げて行ってしまった。

四匹の子猫に対する四人の子供の感情にもやはりいろいろの差別があった。これはどうする事もできない自然の理法であろう。愛憎はよくないと言って愛憎のない世界がもしあったらそれはどんなにさびしいものかもわからない。

子猫はそれぞれもらわれて行った。太郎はあるデパートメントストアーへ出ているという夫婦暮らしの家へ、次郎は少し遠方のあるおやしきへ、赤はひとり住みの御隠居さんの所へ、最後におさるは近い電車通りの氷屋へそれぞれ片付いて行った。私は記念にと思ってその前に四匹の寝ている姿を油絵の具でスケッチしておいたのが、今も書斎の棚の上にかかっている。まずい絵ではあるが、それを見るたびに私は何かしら心が柔らぐように思う。

太郎の行った家には多少の縁故があるので、幼い子供らは時々様子を見に行った。おさるの片付いた氷屋も便宜がいいので通りがかりに見に行くそうである。秋になってその氷屋は芋屋に変わった。店先の框《かまち》の日向《ひなた》に香箱を作って居眠りしている姿を私も時々見かける。前を通るたびには、つい店の中をのぞき込みたいような気がするのを自分でもおかしいと思う。

今でも時々家内で子猫のうわさが出る。そして猫にも免れ難い運命の順逆がいつでも問題になった。このあいだ近所の泥溝《どぶ》に死んでいた哀れなのら猫の子も引き合いに出て、同じ運命から拾い上げられて三毛に養われ豊かな家にもらわれて行ったあのちびがいちばんの幸運だというものもあれば、御隠居さんばかりの家に行った赤がいちばん楽でいいだろうというものもあった。妻は特にかわいがっていた太郎がわりに好運でなかった事を残念がっているらしかったが、私はどういうものか芋屋の店先に眠っているおさるの運命の行く末に心を引かれた。

ある夜夜ふけての帰り道に芋屋の角《かど》まで来ると、路地のごみ箱のそばをそろそろ歩いているおさるの姿を見かけた。近づいて頭をなでてやると逃げようともしないでおとなしくなでられていた。背中がなんとなく骨立っていて、あまり光沢のないらしい毛の手ざわりも哀れであった。

娘を片付けて後のある場合の「父」の心を思いながら私は月のおぼろな路地を抜けてほど近いわが家へ急いで行った。

私は猫に対して感ずるような純粋なあたたかい愛情を人間に対していだく事のできないのを残念に思う。そういう事が可能になるためには私は人間より一段高い存在になる必要があるかもしれない。それはとてもできそうもないし、かりにそれができたとした時に私はおそらく超人の孤独と悲哀を感じなければなるまい。凡人の私はやはり子猫でもかわいがって、そして人間は人間として尊敬し親しみ恐れはばかりあるいは憎むよりほかはないかもしれない。

熊が悪人を救いし話

南方熊楠

享保ころ松崎尭臣の著『窓のすさび』追加に、「薩摩の猟師にやありけん、山路を通るとて、がけ道を踏み外し、谷底へ陥り、幸いに過ちはせざりけれど、絶倒しけるを、大なる熊出でて掌に口を当てすりければ、みずから嘗めけるが、甘きこと限りなし。さてありて、熊先に立ちて行きけるに、付いてゆくほどに窟に入りぬ。草を置いてその上におらしめ、痛《いた》わる体にみえ、時々掌を出して舐《ねぶ》らするに、飢うることなかりけり。明日帰るべきと思い、人に暇請うごとくして出でけるに、熊は名残惜しげにみえて、登るべき路まで案内して別れ去りけり。この者不仁なる者にや、その後鉄砲を持って、かの路より伝い下りてかの窟に往き、熊の臥しいたるを打ち殺し、胆《い》を取って奉行所に捧げしに、その次第を尋ねられて、中将綱久朝臣聞き給い、獣さえ人の難儀を救い痛わりしに、その恩を知らざるのみならず、これを害せしとて、人にして獣に劣れり、かかる者は世のみせしめなりとて、その窟の前に磔《はりつけ》に行なわれけり。宋景濂《そうけいれん》の筆話にも、猩々に助けられて、かえってこれを殺さんと謀りしことあり。昔より善人のすること必ず符合し、悪人の所為また同じく合いぬること一、二にあらず。自然にかくのごとくなるとみゆ」と出づ。『新著聞集』には、江州甲賀郡の山中へ木の葉をかきに出でし孕婦が、熊に助けられて子をうみ、七日その穴で養われて帰り、猟師にその穴を示すと、熊かけ出で、その女を引き裂いて逐電した、と作る。熊の穴に落ちて熊に助けられた猟師の話は支那にもあれど、恩を仇で返したとはない（『淵鑑類函』四三〇）。

薩摩の話の根本か、また偶合か知らぬが、同様の譚が唐の義浄訳『根本説一切有部毘奈耶破僧事』一五にあり。いわく、「往昔《むかし》、婆羅痆斯《ばらにし》城にひとりの貧人あり。常に柴樵を取り、売ってもって活命《くちすぎ》す。その人またある時に、縄と斧を執《と》り持って林のあたりに往趣《おもむ》き、まさに柴を刈らんとす。即《たちま》ち時ならざる大暴風雨に逢い、七日息《や》まず。風雨を避くるために、漸次《しだい》に経歴《へめぐ》って、ついに山のあたりに至り、一の石窟を見る。すなわち中に入らんと欲し、まさに窟の門に至らんとして、熊の内にあるを見、驚怖して却《しりぞ》き走る。熊、驚いて走るを見て、すなわち彼を呼んでいわく、善き男子よ来たれ、汝われを怖るるなかれ、と。その人かの熊の呼ぶを聞くといえども、なお恐怖を懐き、躊躇して立つ」。熊すなわち来たって人を抱き、窟に入れ、七日間美果樹根を食らわしむ。八日目に風雨やんだので、美果を与え去らしむ。その人跪《ひざまず》いてこの報恩に何をなすべきや、と問う。熊いわく、汝ただわがここにすむを洩らすなかれ、と。その人窟を出て家へ帰る途上猟師にあい、このほどいずこにありつると問われ、子細を述ぶ。猟師巧言もてその人に熊の住所を問い、手に入れたら汝に多分を、われはただ一分を取るべしと勧められ、貪心起こりてついに引き還し、往って熊の在所を示し、猟師窟の口で柴を積んで熊を熏《くす》ぶ。熊苦しんで、われこの山中に住し、一人を害せず、「果《このみ》および樹根を食らい、常に慈悲の念を起こす。われ今命尽きんとして、はた何の計をなさんや。みずから過去の業を念《おも》えば、善悪今報《むく》いを得たり」と頌を説いて死す。猟師その皮をはぎ、樵人に二分の肉をとれ、われは一分を取らん、と言う。樵人、肉を取らんとする時、両手ともに落つ。猟師驚き、城に入って王に白《もう》す。王この熊は勝上菩薩たるを僧より聞き知り、塔を起こして供養す。熊は仏、樵人は提婆達多の前身、と。

ラスムッセンの『北氷洋の民』(一九〇八年版、英訳)一七六頁には、エスキモーの一婦人、不品行で脱走して、ある家の入口に熊の皮あるをみてはいると、家内はみな人の形した熊であった。そこに留まりおるに、一つの大熊が熊の皮を著て外出すると、必ず海狗《おっとせい》を捉《と》って帰り一同に食わせた。その後、かの女がうちへ帰りたいと言うと、その熊は二疋の子が人に殺さるるを惧れ、内へ帰ってもわれわれのことを人間に語るな、と言った。女は内へ帰って黙りおられず、その夫に熊の住所を明かしたから人々橇を馳せて熊の家を襲い、熊は人手に渡すよりはと、自分で二子を咬み殺し、家より走り出て女が留守しおるを襲い咬み殺した。それから、外へ出たところを犬どもが取り巻くを防ぐ最中に、犬どもも熊も天上して星になった、とある。

裏藪の生き物たち

河合雅雄

　あわいサファイア色の空に、巻層雲《けんそううん》が凍てついたように浮んでいる。陽が沈んだあとの残照が、西の空を茜色に染《そ》め、その中にただようレンズ雲を金色に縁どっている。柿の病葉《わくらば》が、二、三枚、舞い落ちかけて、突風にあおられたのか、急に空に向って垂直にあがっていった。なん十羽もの鳥《からす》が列をつくり、つぎつぎと茜雲の中へとびこんでいく。

　夕方、うちにいるときは、ぼくはいつも日課のように窓辺にもたれ、宵から夜への微妙な風景の移りかわりを楽しんだ。中秋をすぎると、椋鳥《むくどり》の大群が、透明な空を乱舞し、細かい切紙細工のような模様を描く。こごえた空に音もなく、大編隊を組んだ黒い影が空いっぱいに翔けまわり、夕暮をいっそう幻想的なものにする。

　家々からは夕餉《ゆうげ》の煙が立ちのぼり、窓に明りがつく。空はじょじょに灰色をおび、青黒い深海のような色に変っていく。そんな精妙な空の移りかわりをよそに、裏の藪は夕闇が迫ると、はやばやと闇を呑み、黒い淀みをつくって静まりかえった。裏藪が秘めている底知れない闇に目をやるたびに、ぼくは吸いこまれていきそうな恐ろしさにおののき、空の明るみにあわてて目を向ける。

椋鳥は、ひとしきり空を舞ってから、藪におりる。眠りにつく前のしばらくの間、椋鳥はがやがやと喋り散らし、暗い藪のしげみは、奇妙な賑やかさにはなやいだ。椋鳥の姿はまったく見えないが、ときどき強い羽音が聞え、藪のざわめきを背景に、すこし濁った無数の声が、藪の中いっぱいにとびかった。その日の出来事を、みんなで話しあってるのだろうか。それが、突然申しあわせたように、ぴたっと止まり、藪は黒い洞穴のようにおさまりかえる。椋鳥の黒い姿は、闇の中に溶かしこまれ、ざわざわと笹の葉がゆれるだけになる。そして、その死のような静かさの中で、夜の動物たちが目を覚まし、うごめきはじめるのだ。

「椋鳥って、夜はどうしているのかな」

「そら、寝てるのやろ」

と道男がいう。

「けど、静かすぎるものなあ。ちょっとぐらい、音がしてもいいと思う。ねごともいわへんのかなあ」

「そうやな。なん百羽もいるのやから……見にいこか」

ぼくと道男は、竹藪の前に立って、しばらく足をすくめた。深い闇がとぐろを巻き、はてしない奈落へ続いているようだった。夕方の残照に、竹の幹が青黒く光っている。〝グチュッ、グシッ〟きみのわるい音がして、足の裏に気持のわるい感触が伝わってくる。笹の葉の下にいる、カタツムリを踏み潰したらしい。

竹の葉がぎすぎすと鳴り、黒く細かい笹の影がゆらめく。道男の姿が、ほとんど黒一色になって見える。竹をつかんでは腰をすこし曲げている格好が、いつか童話の本でみた、おびえながら深い森の中に入っていく、少年の影絵そっくりだ。それはヨーロッパの童話だったが、大きなブナの木の森に迷いこんで、遠くに見える灯にたどりつくと、そこは魔法使いの婆さんの棲み家で、少年は恐ろしいめに会うのである。

〈お婆さん、ここはどこですか〉

〈ここかね。ここはふしぎの森だよ。フフフフ。よく来たね、小僧〉

〈ふしぎの森って、どんな森ですか〉

〈いまにわかるよ。そら、お前の足を見てごらん。そりゃ、鳥の足じゃ。コウノトリの足じゃ〉

暗い竹藪がかもし出す雰囲気は、こんなふしぎの森の妖しい魔力にみちみちていた。

「どこにいるのかな。ぜんぜん見えへん」

道男は、竹をゆさぶったが、枯笹《かれささ》が落ちてくるだけだ。

「おかしいなあ、消えたみたいやなあ」

「もうすこし奥へ行ってみようか」

ガサガサと、枯笹を踏みしだく音が、奥のほうでする。二人は顔を見合わせる。狐《きつね》かもしれない。もうそろそろ梟《ふくろう》が鳴きはじめるころだ。夜が目覚め、しいんと静まりかえった竹藪の中に、もののけの動く気配がうごめきかけている。

二人はいつしかよりそい、竹をつかんで棒立ちになる。足が硬直し、鉛の錘りでしばりつけられたように、一歩も前へ進めなくなってしまったのだ。なにかえたいのしれない恐怖が、じんじんと体の中でうごめきはじめている。椋鳥はほんとうにどこへ消えうせたのだろうか。ふしぎなことだった。ぼくは勇気をふりしぼり、すこし前進して、むやみに竹をゆさぶった。

〝バッサ、バサ〟と鈍い羽音がして、なにか大きな鳥が動き、〝ギェッ〟とのどをしめつけられたような声で鳴いた。

「ヨタカか」

道男の声はかすれている。

「かもしれんぞ、気をつけろ……戻るんや」

ぼくは声をおさえていい、ぐるっとうしろを向く。

夕方、〝ギャッ、ギェッ〟と鳴いてとぶヨタカは、ぶきみな鳥だ。ずっと大きくなってから、それはゴイサギのことだとわかったが、小さいころはずっと、その鳴き声の主は、ヨタカだと思いこんでいた。ヨタカはどんな姿をした鳥なのか、ぼくたちは知らなかった。ただ、夕方になると、いやな声で鳴きながら、宵闇をきって空をとぶ暗灰色《あんかい》の影絵だけを知っていた。その声は、ぞっとするような不吉な予感をあたえた。ぼくたちは、夕方外で遊んでいても、ヨタカが鳴きながら通りすぎると、あわてて家へ戻った。そのヨタカが、すぐ前の暗闇にいる。そいつはいきなりとびかかり、のど仏を嚙み切るかもしれない。

藪のむこうはまだほんのりと明るい。その明りにすかされて、竹の幹が一本一本、くっきりと垂直な影絵となって浮きでている。

帰りは早かった。ヨタカをおどかさないように、足早に、しかも音をたてないように歩いた。ぼくたちはふだん、忍者歩きというのを練習していたから、こんなときはとても役に立った。昔の早飛脚《はやびきゃく》の歩きかたは忍者歩きの一種らしいが、郵便配達夫の歩きかたただということをだれかに聞いて、その歩きかたも猛練習した。大股にかかとから足の裏を地につけ、土ふまずからつま先へと、ぴったり地面に吸いつくようにして足をかえす。そして腰を浮かし、すこし捻ってリズミカルに歩くのである。なるほどこうすると、速くて疲れがすくなく、しかも足音がほとんどしなかった。

藪を出ると、ほっと安堵の息を大きくはいた。藪のはしを区切って、なんと別の世界が開けていることだろうか。それにしても、椋鳥はいったいどこへ雲がくれしたのだろう。夜の闇に溶け、夜が白むと、光にあたってふたたび黒い姿を結晶させ、曙の光の中に生れでるのだろうか。ふしぎなことだった。

「ヨタカにやられんで、よかったのぅ」

道男は、のどをごりごりかいた。ぼくものどがむずがゆくなり、両手で首をしめつけ、「ギェッ、ギョッ」と声を出した。

「びっくりさすなよ」

と道男がいうのと同時に、二人は大声で笑い、キャアキャア叫んで、薄暗い裏の畠を、犬のように走りまわった。

篠山《ささやま》は、その名が示すように、町の中に、竹藪がたくさんおいしげっていた。

篠山通れば　笹ばかり

猪出てきた　ホーイ　ホイ

こんな歌が、昔から歌われている。

裏の藪は、ハチクの竹藪だ。それは十なん軒にもわたって広がっていて、大きな竹の森をつくっている。

母屋からあまり離れていない所に、四かかえもある榎の大木が、そびえていた。雨も漏らぬぐらいびっしりしげった笹の屋根から、ずんと上に抜き出て、緑の樹冠《じゅかん》がこんもりした小山をつくっている。そこはさまざまの小鳥たちの棲《す》み家で、季節をおって、たくさんの鳥が集まってくる。

榎の下には、小さなお稲荷《いなり》さんの祠《ほこら》があって、狐が一匹すんでいた。裏のお婆さんが、このお稲荷さんの使いに、毎日油揚《あぶらげ》を持っていってやっていた。

ぼくが五、六歳のころのことだったろうか。ある夜、急にまわりが騒がしくなって、ふと目を覚ました。お父さんが急いで裏へ走っていく下駄の音が聞えた。その後から、長兄が棒を持ってとび出していく。

なにやらお父さんが激しく叫ぶ声が聞え、石を投げる音に混って、カン高い火柱のように悲鳴が闇をつんざく。ぼくはいきなりとび起き、ねまきのまま裏へ走っていった。白と黄色がねじりあった帯のようなものが、藪の中でゆらめくのが、ちらっと見えた。

お父さんと兄は、鶏小屋の前にいた。淡い月が空にかかり、散りかけて崩れたケイトウの奇怪な頭を、暗紫色《あんし》に照らしている。

「どうしたんや、オキヤン」

「なんや、起きてきたんか。危ないぞ、早く家へ戻って寝とれ」

兄は怖い顔をして睨みつけた。お父さんは鶏小屋の金網をつくろっている。

「狐が鶏を襲ったんだよ。もうすこしで金網を破られて全滅するところだった」

お父さんの横には、白い毛のかたまりがころがって、月の光にぼうっと浮びあがっている。

「うん。ぼく見たよ。白と黄色が混ったやつが、稲光《いなびかり》のように藪の中を走っていったもの」

「うそいうな。狐はとっくに逃げてしまったし、こんな暗い藪の中では、そんなもの見えるはずがないやないか」

オキヤンは小声で、なじるように強くいう。

「けど、ほんまに見えたもの。うそやないよ」

「あほう。ねぼけとんのやろ。ねぼけとるると、梟に目の玉をくりぬかれるぞ」

ぼくはぎょっとして、思わず両手で目をふさいだ。二人は、ひそひそと小さい声で話していた。なにも小声でいう必要はちっともなかったのに、まるで秘密の場所で秘密のものを見たときのように緊張し、声を落としていた。

「さあ早く寝なさい。風邪をひくから」

おだやかなお父さんの声が、ほっとした安らぎをあたえてくれた。榎が、大入道のように黒々と、藪の上におおいかぶさっている。突然その巨大なかたまりがふくれあがり、大きな手を出して、つかみかかってくるような気がした。かみ裂かれた鶏の首から、赤黒い血がしたたり、白い毛を染めていた。ぼくは急に怖くなり、部屋にとびこんで、寝床にもぐりこんだ。耳がキーンと鳴り、狐の声と鶏の悲鳴が、頭の中で小さな爆発を起こしていた。

目が冴え、眠れないままに、暗い藪の中を鬼火のように駆けていった、黄と白の縞模様の狐の姿を思い浮べていた。暗い二燭光《しょっこう》の電灯の下で、ヤマドリの剝製《はくせい》が、おぼろな影を落としている。ぼくは急いで立ちあがり、その剝製に風呂敷をかぶせる。狐がしのびこんできて、ヤマドリののどに嚙みつきそうな、幻想にとらわれたからである。風呂敷をかぶったヤマドリは、いつそうぶきみな姿にふくれあがり、黄泉《よみ》の国の妖鳥《ようちょう》にばけそうだ。ぼくはふとんの中にもぐりこんで、窒息しそうな息で喘いだ。

いつしかうとうとしかけた夢の中で、金や白や青色の狐が、姿を失い、色だけになって、渦を巻いたりとびかったりした。首をもぎとられた鶏の鮮血が、花火のようにその中で交錯して、無残ないろどりをそえた。ぼくは朝までうなされどおしだった。

翌日、ぼくはなにするとなく、裏庭にいた。日向《ひなた》ぼっこをしたり、土の中にいる小さな甲虫《こうちゅう》を集めて、土を掘った穴にいれ、石ころで家をつくったり、落ちている熟柿《じゅくし》にたかっている蜂に、石を投げたりしていた。鶏たちは、昨夜のさわぎも忘れて、〝コッコッ〟と鳴きながら、仲よく餌を食べている。

ぼくの心の底には、大榎《おおえのき》の下のお稲荷さんと、狐の洞穴のことが、重くのしかかっている。榎の上に、太陽がさしかかる。小暗《おぐら》い藪の中に、明るい木洩《こも》れ陽《び》が、繊細な竹の枝の模様を織りこんで、美しい明暗の世界をつくっている。ぼくは台所へ走っていき、油揚を探す。油揚が見つからないので、そのかわりにひろす（がんもどき）を一つもって、裏へ走り戻り、竹藪へ入っていく。

竹藪はいい遊び場だったが、榎の大木の下までは、行ったことがなかった。そこにはなにかしら近づきがたいぶきみさがあって、いつも遠くから、小さな祠を眺めているだけだった。枯笹を踏んで、ぼくはお稲荷さんに近づく。積みあげた石の上に、小さな社《やしろ》があり、古びたしめなわが、屋根からたれ下っている。青黒い苔がびっしり生えた石の上に、白い皿にのせて、新しい油揚がおいてあった。ぼくはちょっとためらったあと、油揚をとり、遠くへ力いっぱい投げ、かわりにひろすをおく。お婆さんには悪かったけれど、今晩はどうしてもおいしいひろすを、狐に食べてほしかったのである。

祠と榎のまわりを、ゆっくりとまわってみる。だが、狐の穴らしいものは見つからない。榎の大きな根が高くもりあがり、黒い凹《へこ》みをつくっていたが、クモの巣がはりめぐらされていて、けものが出入りしているようすはなかった。

じめじめした枯笹の上で、ぼくはしばらくたたずんでいた。きっと、どこかに狐の穴があるのだろう。枯笹で、うまく入口をかくしているのかもしれない。狐は夜活動するのだから、昼は狐にとっては、人間の夜のようなものだ。だから、昼は、きっと戸じまりを厳重にして、だれも入ってこないように用心しているのだろう。

夕方になると、そっと穴の入口の扉があき、狐の親子が顔を出す。そして、かわいい銀や金色の子狐たちが、枯笹の上を走りまわって遊ぶのだ。昨夜見た、闇の中を走るきらめくような縞模様を思い浮べた。胸がどきどきするような、妖しい美しさ。オキヤンはあんなにいうけれど、あれはどうあっても、狐にちがいなかった。あいつは、ぼくにだけ姿を見せてくれたにちがいない。

夕食のとき、ひろすが一つたりない、とお母さんがぼやいた。

「狐がとっていったんとちがうやろか」

ぼくは肩をすくめ、小さく笑う。

「あほなこといいなさんな。真っ昼間、台所に狐があがってきたりしますか」

「けど、きっと狐が食べたんだと思うよ。ぼくは知ってるもん」

「お前やろ。ひろすをつまみ食いしたのは……」

お母さんはネギをきざみながら、横目で睨んだ。

「うーんと、ちがうちがう。ぼくとはちがう」

お父さんの大好物のひろすを、一つちょろまかしたのは悪かったが、きっと、狐はめずらしい御馳走に、舌つづみを打っていることだろう。ぼくは、その日一日中、へんに浮き浮きしていた。

榎には梟がすんでいる。夏にはアオバズクが〝ポッ、ポー〟と、まるく明るい声で鳴く。浴衣を着て花火をしているると、そいつはすぐそばの柿の木にとまり、ずんぐりとまるい顔から、黄色いくちばしをつき出して、おどけた顔でぼくたちを見下ろした。

〃ゴロスケホー、ゴロットカエセ〃

空洞からとび出すような、うつろでまのぬけた梟の声は、留守番している夜など、その声を聞くと、淋しさがしんしんと体にしみこんでくるようだ。「ゴロットカエセ」というのが「死んでしまえ」といった意味にとれて、気持がわるくてならなかった。月夜の晩に、濁っただみ声が聞えるたびに、どこかで人が死んでいくのではないかと思った。

木枯らしが吹き荒れる晩のことだった。二階で勉強していると、窓に突然大きな翼の影がうつり、爆発するような音が響いて、ガラス戸が揺れた。しばらくして、どさっと鈍い音がし、なにものかが地面に落ちたらしい。急いで下へ行くと、大きな梟が、大地に転がっているではないか。

「梟やないか。いったいこれはなんのことや！」

道男があきれた顔をして、棒でつついた。梟は身動きもしない。

「目をまわしただけらしい。体はまだあったかいぞ」

ぼくは梟を抱きかかえた。柔かい毛が腕をつつみ、おだやかなぬくもりが伝わってくる。

「かわいらしい顔をしとるのう。こんなかわいい顔とは思わなかった」

道男は、黄色のくちばしを、ぼんと指で叩いた。梟は体をよじり、羽をすこしばたつかせた。

「生きかえるぞ。危ない。くちばしでこづかれたら、手に穴があくぞ。早く籠を持ってこい」

ぼくはうろたえて、道男に命じる。

籠の中で梟は立ちあがり、大きな目でぼくたちをにらんだ。茶色の目の虹彩《こうさい》が、異様にかがやき、精悍な顔つきがぼくたちを圧倒する。

「すごい顔しとんね。やっぱり怖い顔や。けど、こんな顔をしていて、どうしてあんなぼこぼこした声を出すんやろ」

道男がいうのを聞きながし、ぼくはほれぼれとこいつの姿に見とれる。茶褐《ちゃかつ》色の濃淡のある羽に、白い斑紋が星のようにちりばめられ、太い指にはぶ厚い白毛が密生している。するどくとぎすまされた爪が、その中で、銀色に光っている。

翌日、粉雪が降る中を、餌にするために、ドジョウをとりにいった。梟は、せっかくとってきたドジョウに目もくれず、ぐるっとうしろを向いてしまう。道男が棒で背をつついても、頑固に板のほうを向いたままである。強くつつくと、体をむこうに向けたまま、ぐるっと顔をこちらにまわし、はげしい目つきでぼくたちを見つめた。

「うわっ、すごくまわる首やな」

道男は驚いて、すっとんきょうな声を出した。それからは、なにをしても、きゃつはむこうを向いたまま、石のように動かなくなった。

翌朝、籠をのぞきにいって、ぼくはあっけにとられた。梟がいない。昨日やったドジョウはすっかりなくなり、汚ない灰白色《かいはく》の糞だけが残されていた。おそろしく臭かった。あいつはいったい、なにをしにきたのだろう。きっと、家の中へ入ろうとしたにちがいない。そして、なにかいいにきたのかもしれない。それとも、だれかをさらいにきたのだろうか。ぼくは空っぽの籠を見つめ、呆けたようにつっ立っていた。

梟はまだ愛嬌《あいきょう》があったが、なによりも怖いのは、ムササビだ。世の中に、こんな恐ろしいものがいるだろうか。ムササビは大榎にすんでいて、夜な夜な、ものすごい、この世も終りのような叫びをあげる。子どもがちっともいうことを聞かないと、お母さんはよく、

「そら、バンドリが来るよ。裏へ放りだすよ」

といっておどかした。お母さんはムササビのことをバンドリと呼んでいる。お母さんは吉野の奥で生れたので、この地方での呼名を使っていたが、ぼくたちもバンドリといいならわしてい

た。ぼくたちは、バンドリがどんな姿の動物かも知らなかったし、ムササビと同じ動物だということも、知らなかった。それが鳥であるのか、けものなのか、そんなことはどうでもよかった。というよりも、妖怪のたぐいのように思っていたのだ。

〝グギャッー、ギャーッ〟と、闇をつんざく声が、夜をふるわすと、ぼくたちはおびえ、おどおどして落ち着かなくなる。「あいつは、人間の赤子《あかす》をとって食うのだ。だから、赤子が殺されるときのような泣き声で鳴くのだ」と、タント兄《あに》が大まじめでいうのを、本気で信じていた。

ある晩のこと、ぼくはお母さんにごねまわっていた。なんだかしらないが、無性に甘えたくて、知り無理をこねまわっていたのだ。お母さんは、

「バンドリの所へつれていくよ」

と、いつものようにおどした。

「バンドリなんか、怖いものか。あんなやつ、けとばしてやる」

と強がりをいって、ぼくは畳に転がった。

そのとき、ぼくはさっとお父さんにさらわれた。さらわれたというのは変な表現だが、いつのまにか入っていたお父さんに、いきなり小脇にかかえられてしまったのだ。着物の袖がふわっと広がり、大鷲《わし》に襲われたような気がした。裾がまくれ、黒い毛が生えた太いお父さんの脛

が鷲の足に見えた。

　ぼくは火がついたように泣き叫んだ。怖かった。心が押し潰されそうなほど、恐ろしかった。お父さんは無言で外へ出る。そして、大股に歩いて、裏の馬小屋の横の納屋につれていく。ぼくはその中に放りこまれた。

　あらんかぎりの声で、ぼくは泣きわめく。手元にある物を、手あたりしだいに投げとばし、足をばたつかせ、どんなに恐ろしいかを必死になって訴える。

　せいいっぱい泣くと、妙に気分が静まってくる。どんなにわめいても、とうてい助けてくれないことはわかっている。戸には、外からつっかい棒がしてあって、中からあけられないことがわかると、ぼくは炭のさんだわらを探して尻にしき、放心したように座りこんだ。

　急に静寂が訪れ、ぽつねんと座っている自分に気がつくと、体がしめつけられるような恐ろしさが迫ってきた。泣くのはやめたものの、小さな津波のように、間歇《かんけつ》的にすすり泣きがこみあげていた。梟が遠くで鳴いている。ぼくは必死になって、泣き声をこらえる。梟に聞えたら、目玉をくりぬきに、とんでくるかもしれない。

　うしろでガサッと音がした。ぼくはとびあがるほどびっくりして、体を伏せった。鼠《ねずみ》だ。ネズ公にちがいない。そう思いなおして、物音のするほうへ、炭のかけらを投げた。ぼくは恐怖のために窒息しそうだ。そして、むごいことをするお父さんを恨んだ。

〝ギエーッ、ギャーッ〟

夜の静けさを裂いて、あの凶悪な叫びが聞えてきた。〈バンドリだ。もうおしまいだ。ぼくの泣き声を聞きつけて、やってきたにちがいない。お父さん、もうしない。もうしないから助けて〉ぼくはぶるぶるふるえながら、頭を両手でかかえる。

〝ジャー、ジャー〟

変な音が、戸の外から聞えてきた。なんだろう。ぼくは耳を傾けて、その音の正体をつかまえようとする。その音は、お父さんが小便している音だと気がついたとき、ぼくは思わずふきだしそうになる。はれあがったまぶたを引きつらせ、おかしさに口元をゆがめて、ぼくは泣くとも笑うともつかぬ顔になる。そして、なにかしらほの温かいものが、心の中に満ちてくるのを感じた。お父さんは母屋に戻らず、この寒い夜に、じっと戸の外にいてくれたのだ。

バンドリが、また叫んだ。前よりも大きく、耳の底でじいんとひびくすさまじさだった。ぼくは思わず声を出した。

「おとうさん、バンドリが来てる」

ガラッと戸があき、お父さんが入ってきた。とびついたぼくを、お父さんは軽々と抱き、袖で体を包み、母屋のほうへ向った。

だいぶ大きくなってから、ぼくは母の里である吉野の奥へ遊びにいった。山峡《やまかい》にある十数軒の小さな村落の中の、みごとな吉野杉に囲まれた古い屋敷だ。ぼくは裏の新築の座敷に一人寝かされた。総檜《そうひのき》造りで、まだ木の香がほんのりと匂っており、神代杉《じんだいすぎ》でつくったという天井は、墨流しで描いたような複雑な模様を織りこみ、渋い茶褐色の光沢を放っている。

夜中に、ぼくはふと目がさめた。コト、コト、と、小さいがしっかりした音が聞える。なにものかが、天井を歩いているらしい。ぼくは息をひそめ、じいっと耳をそばだてる。イタチではない。イタチだったら、もっと軽やかな音がする。猫でもない。足音は意外にゆるいテンポで、ずっしりと重く硬い響きをたてていた。伊賀の忍者だったら、こんな歩きかたをするのかもしれないとも思ったが、人間の歩きかたでもなかった。

足音がやみ、しばらくしてから、〝キェーッ〟という、ようやく聞きとれるような小さい声が聞えた。なんともふしぎな音だ。正体がわからないままに朝を迎えると、ぼくはさっそく天井にはいあがった。薄暗い明りを通して、隅っこのほうに、枯草と木屑が混ったかたまりが見えた。

その中をのぞいて、アッと声をたてるところだった。なんとも奇怪な動物が二匹、その中に横たわっていたのだ。びっしりと、綿毛のように柔かい黒褐色《こっかつ》の毛でおおわれた体を、巻き貝のように曲げ、半分かくした顔から金色の目が異様な光を放っている。もっとびっくりしたのは、尾だ。尾といっていいのか、長い胴の延長といっていいのか、太く長い肉の帯に毛がまばらに生え、チカラシバの穂先のように、その毛は立っている。それは、動物の子どもというよりも、まるで生れたての小悪魔のように見えた。ぼくはその一匹に、ちょっとさわってみる。そいつはびくっと体を痙攣させ、いっそう体をまるめた。

仰天した顔で、夢中に説明しているぼくの話を半分にして、伯父は大声で笑っていった。

「そいつはのう、バンドリじゃよ。バンドリの子じゃわいな。利一《りいち》が帰ってきたら、とって見せてあげよう」

その昼、ぼくはもう一度天井裏へあがって、バンドリの子を見にいった。これがあのバンドリの子なのか。裏藪で、幼いころのぼくを怖がらせたあいつめは、こんな奇怪な姿をしていたのか。ぼくはすっかりうれしくなり、できればつかまえて、飼ってみようと思った。ところが、巣の中はもぬけのからだった。二匹の小悪魔の姿は、どこにも見当らない。やつめ、さすがは小悪魔の子だわい――しかし、まだ歩けないはずなのに、いったいどこへ雲がくれしたのだろう。クモの巣だらけになって、天井裏を探しまわったが、ついにそれらしいものは、まったく見いだすことができなかった。

伯父はその話を聞いて、またカラカラと笑った。

「バンドリはな、かしこいやつじゃよ。おまえ、その子どもに、さわったんとちがうかな」

「ええ、ほんのすこし、さわりました」

「そりゃいけん。人間のにおいがついたので、母親が持ってでたのじゃ。あいつは、よう知っとる。篠山の大やくざ（腕白坊主を、この地ではこう呼んだ）が来たさかい、危ないと、引っ越ししよったんじゃろ」

二日目の夜、ぼくはかすかなあの音を、ふたたび聞いた。バンドリのやつ、戻ってきおったわい。

いとこの利一さんに話しすると、「よし、とってやろう」ときおいたってくれた。バンドリは空をとぶが、水平にとぶことはできない。翼を広げて、下に向って滑空し、かならず地面におりる。そしてまたするすると杉のてっぺんにあがり、また滑空しておりる。つまりとんではおり、おりては木にあがり、またとぶので、N字型の移動をするのである。だから、地面にとびおりて、ショックで一瞬休止したとき、網で伏せると、簡単につかまえられるというのだ。

もう一人のいとこが天井裏へあがり、利一さんとぼくは、屋根の下で手綱を持って待った。

「いくぞ」

といういとこの声とともに、一匹のイタチぐらいのけものが、屋根の下からとび出した。灰色のエイのようなおかしな姿で、それはかなりな速度で滑空し、利一さんの二メートル前に降りた。利一さんは、一瞬「ああっ」といって体をのけぞらし、顔に片手をあて、片手で手綱をもって、前につんのめる。手綱はバンドリの体に半分かかったが、それをくぐりぬけるようにして、バンドリはするりと逃げ、前の杉の木に、矢のように速く駆けあがっていく。

「ウウッ、やりやがったわい」

利一さんはうなって、腰に下げていた手拭いで、顔をごしごしこすった。

「どうしたんですか。利一兄さん」

「どうしたもこうもあらすか。バンドリめ、ションベンかけていきよった。それが目に入ってのう。手元がくるってしもうたわい」

利一さんはおかしそうにいって、大声で笑った。

「よし、どしてもとってやろう。あいつはきっとむこうの……ほら、桜の横の大きな木にうろた（木の洞穴）があるやろ。あのうろたに寝よるにきまっとる」

「どうしてつかまえるんですか」

「木の下から、杉の葉をくすべるのや、木の中は、煙突のようにあいとるさかい。煙がどんどんその中へ入っていく。そしたら、バンドリは煙がって、上の穴からとび出るのや。そこをつかまえるのやな」

「うん。けど、もうええですよ」

「とって飼うつもりやったんとちがうけ？　なんぼでもとったるぜ。あのションベンこき野郎をな」

「うーんと、もうよろしいわ。なんやかわいそうになったし……ともかく、もうよろしわ」

きっぱりそういって、ぼくは幼いころの馬小屋事件を思い起こしていた。あのとき、バンドリが鳴かなかったら、いつ外へ出してもらえたか、わからなかった。もう半時間も納屋に閉じこめられていたら、恐ろしさのあまり失神していたかもしれない。そして、父の心の温かみを、想い出していた。ほろ苦い甘さを、記憶の底に味わいながら、ぼくは「もうええですよ、ええですよ」とバンドリ退治をことわりつづけていた。

パルテノンのフリーズに寄せて

須賀敦子

遠くから　遠くから
遠くから　遠くから
蹄《ひづめ》の音　馬の音

あゝ　朝の光に
何百の何千の
蹄の音　馬の音
銀《しろがね》の馬よ　石よ　馬よ

太陽にむけて
蹄の音　馬の音

たてがみよ　風よ
荒れくるひ　群《む》らがりて
蹄の音　馬の音

潮《うしほ》よ　水しぶきよ
岩塊よ　筋肉よ
蹄の音　馬の音

解説

野村麻里

「カナリア」正岡子規

正岡子規の子規とは、ホトトギスの別名なのだそうだ。ホトトギスは口の中が赤いところから、鳴いて血を吐くという言い伝えがあって、結核による喀血で苦しんでいた彼は、ホトトギスに自身を重ね、この名を俳号とした。結核から脊椎カリエスを患い、東京根岸の住居で寝たきりの生活を送っていた子規に、友人たちは鳥かごを贈ったという。

澄んだカナリアの声、青い空、これは生への喜びが詰まった、子規の小さな人生賛歌。

「モモンガア」椋鳩十

椋鳩十は動物児童文学者として知られているが、第一作目は『山窩調』という、サンカ（定住せず山中などで移動しながら暮らしていた人々）の物語だった。「モモンガア」はそんな彼の原点を感じさせる。栗野岳は、桜島のある霧島錦江湾国立公園に隣接した山で、『大造じいさんとガン』の舞台にもなっている。

時代の流れに逆らうような鄙《ひな》びた温泉宿で、夜、いろりに入り込んできた謎の男。この猟師、あるいは、モモンガアを買う人たちは、もしかしたらサンカなのかも知れない。自然と人と動物の距離が今よりもずっと近かった時代の、ちょっと不思議な、寓話のような一夜のお話。

「犬橇の持ち主となる」植村直己

冒険家、植村直己は一九七〇年に世界初の五大陸最高峰登頂者となり、一躍その名を知られるようになった。「犬橇の持ち主となる」が収録された『極北に駆ける』は、グリーンランド最北の村、シオラパルクで一年暮らした記録である。

村人たちの犬の扱いは厳しく、思いきり叩くなど、植村も心配するほどだが、犬同士の喧嘩もまた流血するような激しいものだ。犬たちは三日に一度しか餌を与えられないが、逆に満腹で橇を引くと吐いてしまうというエピソードなど、その過酷さは想像を絶する。そして、そんな厳しい自然の中では、人だけが優勢でいられるわけではないからだろうか。植村の北極の動物たちに対する視線にはどこか温かさが感じられるのだ。

「キノコをさがしに行ってクマにおこられた話」辻まこと

山を愛した辻まことは、山の絵や文章を数多く残した。この話では山での二つの出会いが描かれる。ひとつは鹿、もうひとつが熊だ。どちらも遭遇するか否かは運次第だが、熊との出会いは命が危険にさらされることになる。山は予測不可能な部分も多く、山を愛する人はそんな山の性質にもまた、魅了されているのかも知れない。

辻が熊との遭遇を非常な恐怖だったと書きつつ、タイトルを「クマにおこられた」としたのは、山の住人であり、自分を襲わなかった熊に対して、やはり敬意の気持ちがあったのではないだろうか。

「ウシの口がせ」梅棹忠夫

梅棹忠夫は一九四四年から翌年にかけて、モンゴルの牧畜社会のフィールドワークを、現在の中華人民共和国・内蒙古自治区で行った。当時は蒙古連合自治政府が政権を握っており、半独立国家のような状態だったそうだ。

ウシの口がせは、子牛がミルクを飲まないようにするための道具。この文の始まりが牛のことではなく、人のことで始まっているのはちょっと面白い。文中に出てくる「ダラニスケ」というのは、陀羅尼助という胃薬のことのようで、きっと苦いものに違いない。

今はもう、幼児が乳を飲まないよう、乳首にダラニスケを塗る母親はきっと日本にはいない。そんなことを考えながら、八〇年も前の草原の暮らしについて読んでいると、時間の進み方が、いつもよりほんの少しだけ遅くなる気がする。

「マタギと野生動物たち——昔話採集(抄)」野添憲治

鷹匠は、訓練した鷹を使い、兎や山鳥などを獲る人のこと。この談話は一九六四年のものというから実に六〇年近く前の話である。鷹匠になった経緯や、実際に鷹を訓練する方法、また鷹匠が減っていった理由など、かなり詳細に書いてあって興味深い。そして全国には現在も僅かだが、鷹匠はいるようだ。

百獣の王がライオンであるように、鷹は鳥類の王だ。鷹を飼いならすというのは、小さな自然を飼いならすようなもの。だからこそ鷹匠という生業に人々は今でも、畏怖と憧れを感じるのだと思う。

「オオカミのこと」星野道夫

野生の狼が日本からいなくなって久しい。明治三八(一九〇五)年に奈良で生存が確認されたのが最後の記録という。東京都・青梅の「武蔵御嶽神社」

や埼玉県・秩父の三峯神社では、狼は神格化され、護符にも使われている。

星野道夫が狼に出会ったのも日本ではなく、アラスカのマッキンレー（現・デナリ）山。アラスカには今でも野生の狼が生息しているのだ。ここで彼は、人間がつくりあげた狼のイメージから、生物の多様性について考えを広げ、人間社会の多様性にまで言及する。読み進めていくうちに、その時、彼が出会った野生の狼が持つ深遠さと、その力強さが伝わってくる。

「犬」林芙美子

林芙美子の愛犬「ペット」は、昭和五（一九三〇）年、下落合の洋館に越した際、渡航するので犬は連れていけないという以前の住人に、「犬好きなので置いていってください」と言って引き取ったという。彼女は本当に犬が好きだったのだろうと、ペットとの素朴な会話を読んでいて思う。林芙美子が書くように動物は基本、孤独なものだが、このペットや、川端康成の紹介で飼った、みみづくと交わす単純な会話は、孤独なもの同士の交流だ。この家に越してから、『放浪記』がヒットし、林芙美子は一躍ベストセラー作家となった。そのせいだろうか、孤独な人と動物の会話は、寂しくはない。ただ、安堵のため息のように静かで温かい。

「褒め上手の効用」米原万里

米原万里は大の動物好きで、犬や猫を何匹も飼っていた。真っ白で大きなピレネー犬、クレを引き取った時にはすでに先住で、米原が仕事で、東海村の日本原子力研究所へ行った時に出会った、野良犬のゲンがいた。

ここではクレの吠え癖をなんとか止めたい米原の奮闘が描かれている。近所の人から苦情が出たというから相当、強力な声だったろう。絶え間なく吠えるその声を聴いていると「疲れる」という描写がリアルだ。クレの来し方も悲しい。

こういう時、諦めて犬を手放そうとする人もいるだろう。米原はもちろんそうしない。そんな風に考えたこともなかったろう。軽い口調に隠された彼女の苦悩。軽さやユーモアは、強い意志の裏返し、そういうこともあるのだと、この文を読みながら思う。

「馬と私」吉屋信子

吉屋信子と馬の関係は、パリの競馬場から始まったというから、なんとも優雅だ。そして戦後、自由になっても、思うように書けない自分の焦燥感を紛らわせるために競馬に夢中になった、というくだりは、ギャンブルをする人の心情の一側面を表しているようにも感じる。そこから脱した吉屋は、馬を所有する。それは成功の証でもある。

当時、八四三名の馬主のうち、五〇人は女性だったそうだ。夫婦の人もいただろうが、吉屋のようにひとりで馬を所有していた女性もきっといたはずだ。今では成功の証も多様で、馬主になってもさほど注目はされなさそうである。しかし、馬を持つというのも女性の生き方として素敵かも、と思うのは、ひとえに、この文章が凛としていて格好いいからだ。

「悪魔と黒猫」森茉莉

森茉莉はｊａｐｏという黒猫を飼っていた（随筆の中ではジュリエットという名前で登場する）。自分の世話もおぼつかないような森茉莉が、狭いアパートの一室で猫を飼う。文章の中で彼女はジュリエットへの賛美は惜しまなかったが、その具体的な世話についてはあまり書いていない。普段の餌はキャットフードだったのだろうか？　室内にトイレは備えつけられていたのか？　だとしたらトイレの掃除はちゃんとできたのだろうか？　といった疑問はつきない。しかし、一三年と四カ月生きたということだから、その当時としては十分長生きしたといえる。

　同じ空間に動物がいるというだけで、不思議と心は落ち着くものだ。森茉莉もジュリエット（japo）が傍らにいたからこそ、執筆活動に集中することができたのかも知れない。もしジュリエットが話せたら、森茉莉との暮らしを何と言ったろう？

「犬のわる口」田中小実昌

　なんとも、奇妙な話である。

　何か奇妙なことが起こる話だからではない。その逆だ。犬と猫にまつわる、家族の日常の話が淡々と綴られているだけではっきりしたオチもない。こういう文は学校のテストにはまず出ないだろう。問：作者は何を言いたいと思いますか？　答：さっぱり分かりません。

　しかし、これが田中小実昌のエッセイの魅力だ。テーマはその時々で映画だったり、旅だったりするが、いつもただ、漫然とその時の話を書く。今回は家の犬と猫の話である。飼っているのに、名前があるだろうに、書かない。家族もそうだ。女房、上の娘、下の娘、と書く。プライバシーに考慮したからかとも思うが、名前を出さないことで、現実とは少しだけずれた、もうひとつの田中家の姿が浮かび上がってくる。

　こんな文章を読むと、人生には起承転結なんぞはなく、淡々と、漠然と、時に何の脈絡もなく、突拍子もないことが起こったり、起こらなかったりするものだ、と思う。そして、それはたぶん、真実だ。

「類人猿」 幸田文

『シートン動物記』を読んで、動物たちが野生のままで私の茶の間に来てくれる、と書く幸田文は、優れた作家であるだけでなく、優れた読書家でもある。かわいく思うこととは酷いということと、じつに紙の裏表である、と彼女は書いている。

愛し、はいとし、と読むと、可愛らしい、慕わしい、の意味だが、めぐし、と読むとかわいそう、いたわしいという意味になるのだ。そんな動物への繊細かつ複雑な想いを胸に、彼女は茶の間を飛び出し、動物園へと赴く。幸田文の聡明な観察眼は、檻の中の動物たちだけでなく、猫のような檻の外にいる動物にも向けられる。そして、ゴリラやチンパンジー、オランウータンたちと、彼らの世話をする飼育員の人たちのエピソードからは、人と動物の、愛しと酷しの危うさが感じられるのだ。

「庭にくる鳥」 朝永振一郎

ノーベル賞物理学者、朝永振一郎の素晴らしいエッセイ。最初の三行でもう、その先が読みたくて仕方なくなる。都会では庭のある家は減り、庭に鳥の餌台を置く家はもっと少ない。朝永は餌をやるだけではなく、その糞の中から種を取り出し、保管し、春に蒔く。この好奇心と探究心。彼にとっては日常の、小さな遊びみたいなものなのだろう。

彼の観察の対象は鳥にとどまらず、最後はヒトの話で終わる。朝永は歌舞伎や落語が好きだったそうで、最後のくだりは落語のサゲを思わせる。聡明なだけでなく、ユーモラスなのも素敵だ。

「燕の母さん」金子みすゞ

昔は私の町でも、初夏になると燕のお母さんが巣にせっせと餌を運ぶのを見かけたが、そんな光景を見ることがなくなって久しい。あなたの町はどうですか?

「馬の生首が頭蓋骨に変わるまで」合田佐和子

「骸骨にこってしまった」画家の奮闘記。大騒ぎしながらも果敢に挑む様子が初々しい。実際、肉つきの頭部を骨にするのは大変で、煮ると骨の色が悪くなるので、本当は土に埋めるといいと聞いたことがある。しばらくしてから掘り返すとキレイになっているのだそうだ。

「黒い牝牛」串田孫一

田舎で出会った大きな黒い牝牛を中心に、自然の美しさ、移ろいを描いた静かなエッセイ。串田孫一は山について多くの文章を残しているが、この文もまた、ゆっくりと、しかしとどまることなく変化していく自然の描写が美しい。串田は戦争中、山形県新庄に疎開し、その間に、巣鴨の自宅が全焼してしまったそうだ。人の都合で生死を決められ、それに気づくこともできない牝牛の哀れに、どこか、戦争中の人々の姿を重ねているような気がするのだが、どうだろうか。

「鴉男」種村季弘

どこの町にも「怪しい」人はいる(いた?)。町の人なら誰もがその姿を知っている。でも話をすることはない。ただ、いつも通りすがりで見かける変わった人。鴉男も害はなさそうだが、野生の鳥は勝手に飼育してはいけない（鴉男が行政から許可をもらっているとはと思えない）し、やはり怪しい。仲間と一線を画されている鴉もなんだか切なく、コドクな男とコドクな鳥のコンビはどこか滑稽でもある。幻想文学者、種村季弘の「日常」への愛が溢れるエッセイ。

「もし鳥だったなら」立原道造

立原道造は結核によって二四歳で急逝した詩人。この詩は正岡子規の歌にも似て、命への希求を感じるせいか、読んだ後は、今、自分にできることがあるならやらなきゃ、という気持ちにもなる。生へのアンセムのような一篇。

「あざらし」團伊玖磨

食べすぎて「私はあざらしだ」と言ったり、「あざらしだね」などと、からかわれたりするのはよくあることだが、そこからアラスカの旅の話に展開するのが團伊玖磨だ。彼は世界のどこであっても、また、食べ物に対しても、フラットに書くことのできる聡明な、また懐の深い人である。トナカイのステーキが美味だったと彼が書けば、その味はごく普通に、本当に美味しかったんだろうな、と素直に思える。そして、こんなのんびりとした話を読んでいると、今、地球温暖化で減少しているあざらしには強く、深く同情せずにはいられない。

「犬」宮澤賢治

この詩からは、大きな帽子をかぶり、うつむきながら立っている、あの、宮澤賢治の有名な写真が思い出される。

「鴉」伊谷純一郎

霊長類研究で知られる伊谷純一郎による、カラスの考察エッセイ。私たちがよく知るカラスには、実はハシボソガラスとハシブトガラスという二種類のカラスがあるのをご存じだろうか。ハシボソガラスは嘴が細く、ハシブトガラスは太いので、見れば容易に見分けがつく。

伊谷はこの二つのカラスを、自身の住む京都で観察しつつ（そして、その行動に一喜一憂しつつ）、世界へと話を広げていく。この文章を読んだら、今まで気にも止めなかったカラスが、ハシボソなのかハシブトなのか、気にしないでいられないだろう。朝永振一郎にも感じるが、学者というのは普段から観察が好きなんだな、と思う。そして、こんな風だったらきっと毎日が楽しいだろうな、とも思うのだ。

「タヌキの交通事故」日高敏隆

この話を読んで「タヌキ寝入り」というのは、本当なのだと初めて知った。タヌキは今でも里山などで見られる、身近な野生動物だが、実際にタヌキを獲ったり、タヌキ汁を食べたりしたことのない身としては、たぬき寝入りというのは、言葉の綾かとつい思ってしまっていた。

タヌキは今も、絶滅したりせず、しぶとく生き残っている。同じく里山に住む鹿も近頃では増え過ぎて、農作物を荒らすため、害獣扱いになっている。これらの動物たちは、ずっと昔から私たちの身近にいたのだから、もう少し「親身」になって考えてみるべきではないだろうか、とこの文を読みながら思う。そうでなければ、タヌキ寝入りなんて言葉を使うのは、タヌキに悪いではないか。

「動物」吉田健一

動物への考え方は、時代によっても変わるけれど、動物に対する視点には、その人の人柄があらわれる。吉田健一が犀について語る時、人間の感覚が及ばない感覚を持ち、野生を生きる動物への敬意と優しさ、そして自分自身も含め、人間に対する侮りが微かに感じられる気がする。

「動物園をおそう悲劇」澤田喜子

戦争の悲劇を描いた有名な絵本『かわいそうなぞう』（文つちや ゆきお　絵たけべ もといちろう）は事実を元にした童話だったが、この文章は当時、動物園で働いていた澤田喜子が書いた実話である。動物たちを処分するのが辛くて、酒を飲むようになった飼育員や、動物園に来ることができなくなった飼育員がいた、などという、絵本には書かれなかったくだりはリアルで、胸を打つ。

「子猫」寺田寅彦

随筆の名手、寺田寅彦による猫の話。飼い猫は室内飼いで、雄も雌も早い時期に手術を施すのが一般的になっている現代においては、成長するにつれて変わる猫の行動に、寺田寅彦が感じた恐れや不安というものがピンとこない人も多いかも知れない。さかりと出産は、猫の生命がほとばしる時間なのだ。それを平気で奪ってしまう人間というのは、やはり残酷なものだと思う。

そして、特筆すべきは最後のくだり。笑えばいいのか悲しめばいいのか。一瞬、戸惑いつつ、やっぱり笑ってしまう。

「熊が悪人を救いし話」南方熊楠

南方熊楠による、熊のちょっとイイ話。人間と野生の熊との関係は古来より、非常に難しい。出会わなければ平和だが、時にさまざまな要因で交わってしまうことがある。熊楠先生は人より熊にシンパシーを感じていそうである。

「裏藪の生き物たち」河合雅雄

子どもの頃、夜は特別な時間だった。子どもは夜に出歩かないので、外の夜の世界というものを知らない。この文章が収録されている『少年動物誌』は、自身の幼少期を書いたもので、河合雅雄が生まれ育ったのは、自然豊かな丹波篠山。ムクドリ、ヨタカ、狐、梟、そしてバンドリ……里山に住む動物たちの夜の存在感といったら……。恐ろしくも強烈な、少年の時の経験が活き活きと綴られている。

「パルテノンのフリーズに寄せて」須賀敦子

パルテノンのフリーズは、古代ギリシャ、パルテノン宮殿の柱の上部に施された、全長一六〇メートルに及ぶ浮彫彫刻。石に彫られた騎馬隊や戦車を引く勇ましい馬の姿を見て、書いた詩なのだろう。走る馬の勢いを感じられ、元気づけられるような、自分を鼓舞したくなるような、そんなエネルギーをもらえる一篇。

出典・著者略歴

カナリア
『竹乃里歌』
正岡子規　まさおか・しき　一八六七〜一九〇二年　俳人、歌人。本名は常規《つねのり》。愛媛県松山生まれ。俳句、短歌の革新運動を進めた。日清戦争従軍後に吐血、病床の中、創作活動を行う。夏目漱石、高浜虚子らとの交流でも知られる。著書に句集『寒山落木』、随筆『病牀六尺』など。

モモンガア
『椋鳩十・博物誌』あすなろ書房
椋鳩十　むく・はとじゅう　一九〇五〜八七年　児童文学者。長野県生まれ。法政大学卒業後、鹿児島県の加治木高等女学校で教鞭をとりながら、終生を鹿児島で過ごす。『片耳の大シカ』『マヤの一生』など、動物児童文学を数多く執筆。

犬橇の持ち主となる
『極北に駆ける』文藝春秋
植村直己　うえむら・なおみ　一九四一〜八四年　冒険家。兵庫県生まれ。二九歳の時に世界五大陸の最高峰登頂に成功、その後も犬橇による単独での北極点到達など、数々の偉業を成し遂げる。一九八四年、北米マッキンレー（現・デナリ）山の冬季単独初登頂を成功させた後に消息不明となった。著書に『北極圏1万2000キロ』『エベレストを越えて』など。

キノコをさがしに行って
クマにおこられた話
『山からの絵本』山と溪谷社
辻まこと　つじ・まこと　一九一三〜七五年　画家。福岡県生まれ。父は評論家の辻潤、母は女性解放運動家の伊藤野枝。一〇代の頃、父と共に一年間、パリで過ごす。画家、デザイナーとしても数々の仕事を手がけた。山を愛したことでも知られる。著書に『虫類図譜』『辻まこと全画集』など。

ウシの口がせ
『回想のモンゴル』中央公論社
梅棹忠夫　うめさお・ただお　一九二〇〜二〇一〇年　民族学者。京都府生まれ。

京都大学卒業後、モンゴルやアフリカの牧畜民の研究を行う一方、文明論や情報産業論など幅広い分野を体系化した。一九七四年から九三年まで国立民族学博物館の初代館長を務める。『梅棹忠夫著作集』が編まれている。

マタギと野生動物たち――昔話採集（抄）
『マタギのむら 民俗の宝庫・阿仁を歩く』
社会評論社

野添憲治　のぞえ・けんじ　一九三五〜二〇一八年　ノンフィクション作家。秋田県生まれ。秋田放送ラジオキャスター、大学講師などを経て作家に。自らの経験を記した『出稼ぎ 少年伐採夫の記録』や『みちのく職人衆』など、社会問題をテーマとした作品や、東北の人々について綴った作品を執筆した。

オオカミのこと
『星野道夫著作集5』 新潮社

星野道夫　ほしの・みちお　一九五二〜九六年　写真家。千葉県市川市生まれ。慶応大学在学中、アラスカ・シシュマレフ村に滞在したことをきっかけに写真家の道へ。アラスカの自然動物と、そこに暮らす人々の姿を写真に収めた。エッセイは『星野道夫著作集』にまとめられている。

犬
『林芙美子全集第十巻』 文泉堂出版

林芙美子　はやし・ふみこ　一九〇三〜五一年　小説家。北九州市門司生まれ（下関説もあり）。高校卒業後、上京。職と住まいを転々としつつ作家を目指す。一九三〇年に自伝的な作品『放浪記』がベストセラーに、一躍人気作家となる。『放浪記』はその後、映画や舞台にもなった。

褒め上手の効用
『終生ヒトのオスは飼わず』 文藝春秋

米原万里　よねはら・まり　一九五〇〜二〇〇六年　同時通訳者、作家。東京生まれ。東京外国語大学ロシア語科、東京大学大学院露語文学修士課程修了後、ロシア語の同時通訳者として活躍。作家としてもノンフィクション、エッセイ、小説など、精力的に作品を発表した。

馬と私
『吉屋信子全集第十一巻』 朝日新聞出版

吉屋信子　よしや・のぶこ　一八九六〜一九七三年　小説家。新潟県生まれ。一〇代より雑誌への投稿を始める。少女小説の第一人者として『少女画報』などで活躍した後、女性を主人公とした小説を発表、女性の支持を得た。著書は『花物語』『良人の貞操』など多数。

悪魔と黒猫

『私の美の世界』新潮社

森茉莉　もり・まり　一九〇三〜八七年　小説家、随筆家。東京千駄木生まれ。森鷗外を父とし、五〇代で本格的に執筆を開始。少年少女を主人公にした耽美小説、自身の暮らしぶりを書いた随筆、ともに独自の世界観を貫いた。代表作に『甘い蜜の部屋』『贅沢貧乏』などがある。

犬のわる口

『田中小実昌エッセイ・コレクション1 ひと』筑摩書房

田中小実昌　たなか・こみまさ　一九二五〜二〇〇〇年　作家。東京生まれ。R・チャンドラーやC・ブラウンなどの翻訳を経て、作家に。「ミミのこと」で直木賞受賞。映画、バス、酒が好きなことでも知られる。手編みの毛糸の帽子がトレードマークで「コミさん」と称された。

類人猿

『幸田文 どうぶつ帖』平凡社

幸田文　こうだ・あや　一九〇四〜九〇年　小説家、随筆家。東京向島生まれ。父は小説家の幸田露伴。幼い頃に母を亡くし、露伴の薫陶を受けながら育つ。父の死後、執筆を開始。代表作に『父—その死』『台所のおと』『流れる』などがある。

庭にくる鳥

『見える光、見えない光』平凡社

朝永振一郎　ともなが・しんいちろう　一九〇六〜七九年　物理学者。東京生まれ。一九六五年、くりこみ理論による「量子電磁力の発展への寄与」により、湯川秀樹に次ぐ日本人ふたり目のノーベル物理学賞を受賞した。著作に『物理学とは何だろうか』『科学者の自由な楽園』『プロメテウスの火』などがある。

燕の母さん

『美しい町』JULA出版局

金子みすゞ　かねこ・みすず　一九〇三〜三〇年　詩人。山口県生まれ。二〇歳の頃、雑誌に投稿した童謡が入選し、注目を集める。しかし、不幸な結婚生活から二六歳で自死。一時は忘れられていたが、再評価され、注目されるように。代表作に「大漁」「私と小鳥と鈴と」「林檎畑」などがある。

馬の生首が頭蓋骨に変わるまで

『FREE』一九八三年一二月号　平凡社

合田佐和子　ごうだ・さわこ　一九四〇〜二〇一六年　画家。高知県生まれ。武蔵野美術大学卒業。画家として、またオブジェ作家としても活動しながら、唐十郎や寺山修司の舞台美術やポスターなども手がける。七〇年代からは独学で油絵を描き始め、銀幕のスターやオブジェを、幻想的な、唯一無二の画風で描き続けた。

黒い牝牛

『串田孫一随筆集Ⅰ 山羊と鳥と老人』 立風書房

串田孫一　くしだ・まごいち　一九一五〜二〇〇五年　随筆家、哲学者。東京生まれ。少年時代から山に親しみ、登山や自然についてのエッセイを多く執筆した。また一九六五年に東京外国語大学を退官後には、ラジオ・パーソナリティとして番組を持つなど、幅広い分野で活躍。著作に『新選 山のパンセ』『串田孫一集』などがある。

鴉男

『徘徊老人の夏』 筑摩書房

種村季弘　たねむら・すえひろ　一九三三〜二〇〇四年　作家、ドイツ文学者。東京池袋生まれ。ドイツ文学者としてホッケ、マゾッホなどの翻訳を行う一方で、その広汎な知識をベースに文学、美術、映画などの批評や随筆、アンソロジーの編集なども手がけた。著作は『好物漫遊記』『江戸東京《奇想》徘徊記』など多数。

もし鳥だつたなら

『立原道造詩集』 岩波書店

立原道造　たちはら・みちぞう　一九一四〜三九年　詩人。東京生まれ。少年時代から詩作を始め、東京大学卒業後、建築家として働きながらも、詩誌『四季』の同人として活動。結核のため二四歳で逝去。著書に『萱草《わすれぐさ》に寄す』『暁と夕の詩』などがある。

あざらし

『舌の上の散歩道』 朝日新聞社

團伊玖磨　だん・いくま　一九二四〜二〇〇一年　作曲家。東京生まれ。オペラ「夕鶴」「ひかりごけ」、交響曲「ヒロシマ」、童謡「ぞうさん」など、多くの曲を手がける。本業の傍ら、エッセイストとしても活躍した。代表作に「パイプのけむり」シリーズがある。

犬

『作家の随想8 宮澤賢治』 日本図書センター

宮澤賢治　みやざわ・けんじ　一八九六〜一九三三年　詩人、童話作家。岩手県花巻生まれ。農業研究者、農村指導者として活動するも、三七歳の若さで逝去。死後、草野心平らの紹介で、作品が広く知られるようになった。代表作に「銀河鉄道の夜」「風の又三郎」、童話集『注文の多い料理店』などがある。

鴉

『伊谷純一郎著作集 第六巻』 平凡社

伊谷純一郎　いたに・じゅんいちろう　一九二六～二〇〇一年　霊長類・人類学者。鳥取市生まれ。幼い頃からの動物好きが高じて学者の道へ。京都大学で今西錦司に師事する。日本モンキーセンター研究員、アフリカ地域研究センターのセンター長を務め、日本のサル学に大きく貢献した。著書は『高崎山のサル』『ゴリラとピグミーの森』など多数。

タヌキの交通事故
『ネコはどうしてわがままか』法研
日高敏隆　ひだか・としたか　一九三〇～二〇〇九年　動物行動学者。東京生まれ。東京大学理学部動物科卒業。動物の行動を心理学や生態学、生理学なども駆使して、総合的に理解しようとする動物行動学をいち早く日本に紹介した。昆虫好きでもあり『チョウはなぜ飛ぶか』『ファーブル植物記』など昆虫についての著書も多い。

動物
『吉田健一著作集　第十三巻』集英社
吉田健一　よしだ・けんいち　一九一二～七七年　作家。東京生まれ。吉田茂(元首相)の長男として幼少期を中国、ヨーロッパで過ごす。ケンブリッジ大学に留学後、作家の道へ。『金沢』『瓦礫の中』などの小説のほか、食や酒に関する随筆、シェイクスピアなどの翻訳と、各分野で活躍した。

動物園をおそう悲劇
『わたしの見た　かわいそうなゾウ』今人舎
澤田喜子　さわだ・よしこ　一九一八～二〇〇四年　動物園職員。東京生まれ。一九四〇年から八二年まで、上野動物園に職員として勤務。没後、ずっと書き溜めていた動物園時代の記録が『わたしの見た　かわいそうなゾウ』としてまとめられた。

子猫
『寺田寅彦随筆集　第二巻』岩波書店
寺田寅彦　てらだ・とらひこ　一八七八～一九三五年　物理学者、随筆家。東京生まれ。地球物理学を専攻する傍ら、夏目漱石の門下生でもあり、吉村冬彦という筆名も持つ。随筆のファンも多く『寺田寅彦随筆集』をはじめ、今も多くの作品を読むことができる。

熊が悪人を救いし話
『南方熊楠全集　第二巻』平凡社
南方熊楠　みなかた・くまぐす　一八六七～一九四一年　民俗学者、博物学者。和歌山県生まれ。二〇歳でアメリカへ渡った後、渡英。大英博物館東洋調査部員となる。三三歳で帰国してからも、在野の学者として民俗学から粘菌まで、好奇心の赴くままに研究を究めた。著書に『南方随筆』『十二支考』などがある。

裏藪の生き物たち

『少年動物誌』福音館書店

河合雅雄　かわい・まさを　一九二四〜二〇二一年　霊長類学者。兵庫県篠山町（現　丹波篠山市）に生まれる。今西錦司に師事し、京都大学霊長類研究所所長、日本モンキーセンター所長などを歴任する。著作は『ニホンザルの生態』『森林がサルを生んだ』など。動物に関するものだけでなく、草山万兎《まと》のペンネームで児童文学も手がけた。

パルテノンのフリーズに寄せて

『主よ　一羽の鳩のために――須賀敦子詩集』

河出書房新社

須賀敦子　すが・あつこ　一九二九〜九八年　随筆家、イタリア文学者。兵庫県芦屋生まれ。聖心女子大学を卒業後、ミラノに渡り、夏目漱石や谷崎潤一郎などをイタリア語に翻訳する一方で、アントニオ・タブッキ『インド夜想曲』などの伊日翻訳も手がける。著作に『ミラノ霧の風景』『コルシア書店の仲間たち』などがある。

編者

野村麻里　のむら・まり

ライター・編集者。一九六五年東京生まれ。著書に『香港風味』『ひとりで食べたい――わたしの自由のための小さな冒険』、編著に『作家の別腹』『南方熊楠人魚の話』、翻訳にリトルサンダー『わかめとなみとむげんのものがたり』『Kylooe』などがある。

編集部付記

本書では、原文の旧漢字は新漢字に換えて表記しております。また、明らかな誤植と思われるものは訂正しました。

また、今日の社会的規範では不適切と思われる表現も一部に見られますが、作品発表時の時代背景と作品価値などを考慮し、原文通りとしました。

作家とけもの

発行日　二〇二四年二月二一日　初版第一刷

著　者　伊谷純一郎《いたにじゅんいちろう》、植村直己《うえむらなおみ》、梅棹忠夫《うめさおただお》、
金子《かねこ》みすゞ、河合雅雄《かわいまさを》、串田孫一《くしだまごいち》、
幸田文《こうだあや》、合田佐和子《ごうださわこ》、澤田喜子《さわだよしこ》、
須賀敦子《すがあつこ》、立原道造《たちはらみちぞう》、田中小実昌《たなかこみまさ》、
種村季弘《たねむらすえひろ》、團伊玖磨《だんいくま》、辻《つじ》まこと、
寺田寅彦《てらだとらひこ》、朝永振一郎《ともながしんいちろう》、野添憲治《のぞえけんじ》、
林芙美子《はやしふみこ》、日高敏隆《ひだかとしたか》、星野道夫《ほしのみちお》、
正岡子規《まさおかしき》、南方熊楠《みなかたくまぐす》、宮澤賢治《みやざわけんじ》、
椋鳩十《むくはとじゅう》、森茉莉《もりまり》、吉田健一《よしだけんいち》、
吉屋信子《よしやのぶこ》、米原万里《よねはらまり》
（五十音順）

編　者　野村麻里

発行者　下中順平
発行所　株式会社平凡社
〒一〇一-〇〇五一
東京都千代田区神田神保町三-二九
電話　（〇三）三二三〇-六五七三（営業）
印刷・製本　シナノ書籍印刷株式会社

ISBN978-4-582-83953-1
https://www.heibonsha.co.jp/